中国纪念馆故事

丛书主编 沈 强 朱成山

主 编 吴世儒

副主编 赵 赞 沈 丹 汪海洋 陆 迎

执行编辑 汪海洋

编 辑 余 溟 刘曼曼 付静宇

南京出版社

图书在版编目(CIP)数据

鄂豫皖革命纪念馆故事 / 吴世儒编写. —南京：南京出版社，2016.8

ISBN 978-7-5533-1431-0

Ⅰ. ①鄂…　Ⅱ. ①吴…　Ⅲ. ①革命故事－作品集－中国－当代　Ⅳ. ①I247.8

中国版本图书馆 CIP 数据核字（2016）第169378号

丛 书 名： 中国纪念馆故事
丛书主编： 沈　强　朱成山
书　　名： 鄂豫皖革命纪念馆故事
本册主编： 吴世儒
出版发行： 南京出版社

社址：南京市太平门街53号　　邮编：210016
网址：http://www.njcbs.cn　　电子信箱：njcbs1988@163.com
淘宝网店：http://njpress.taobao.com　　天猫网店：http://njcbcmjtts.tmall.com
联系电话：025-83283893、83283864（营销）　025-83112257（编务）

出 版 人： 朱同芳
出 品 人： 卢海鸣
责任编辑： 凌　霄
装帧设计： 乔　伊
责任印制： 杨福彬

制　　版： 南京新华丰制版有限公司
印　　刷： 南京工大印务有限公司
开　　本： 718mm×1000mm　1/16
印　　张： 13.5
字　　数： 170 千字
版　　次： 2016年8月第1版
印　　次： 2016年8月第1次印刷
书　　号： ISBN 978-7-5533-1431-0
定　　价： 30.00元
营销分类：教育·旅游

淘宝网店　　天猫网店

丛书总序

中国纪念馆应成为开展公共外交的平台

今年年初，成山同志邀请我为即将出版的《中国纪念馆故事》系列丛书作序，并告知中国目前已有1 000多家各种类型的纪念馆。

纪念馆对国内观众是学习历史、缅怀先人、传承文化的重要场所，对外国观众则是中国开展公共外交不容忽视的平台。

公共外交和政府外交组成国家的整体外交。“简言之，中国公共外交的基本任务是向世界说明中国，促进外国公众认识真实的中国——包括中国的文化传统、社会发展、经济状况、政治体制和对内、对外政策等。”*在这当中，向世界说明中国的历史，尤其是说明近代史中的重大事件和历史人物是顺理成章的。

中国纪念馆应该成为开展公共外交的优势平台。随着我国社会经济的快速发展，中国国际交通的愈加便利，越来越多的外国人士来到中国。很多人到达一座城市，往往要参观各种各样的纪念馆，甚或在纪念馆座谈研讨、深入交流，以获得我国的历史文化知识和各种其他信息，从而加深对中国的了解，形成各种各样的印象。在纪念馆中参观交流的过程，实际上就是公共外交的实践过程，只是参与人可能并未意识到而已。当前，我国正处在文化事业大发展的时期，相信中国纪念馆的阵容会越来越强大，开展公共外交的前景会越来越宽阔。

中国纪念馆发展到今日已经具有开展公共外交的良好条件。更可贵的是，许多纪念馆已经有了强烈的开展公共外交的意识，十

*赵启正著：《公共外交与跨文化交流》，中国人民大学出版社2011年版。

分注意跨文化交流的方法创新，主动为来馆的外国人服务。据悉，仅以侵华日军南京大屠杀遇难同胞纪念馆为例，去年共接待了563万观众，其中有40多万人次来自世界上95个国家。为此，他们不仅配备了12种语言的语音导览器和《展馆简介》，还专门招聘和培训了英、德、日、韩等语种的讲解员。该馆所有的展品和标识都用中、英、日三种文字标注。不仅如此，他们十分看重国际交流，经常在国内外组织和参加国际学术研讨会和史料展，不仅吸引了学者到会，也有南京大屠杀幸存者参加。这些年，他们到过日本、韩国、印度、孟加拉国、以色列、波兰、美国、意大利、丹麦、俄罗斯、菲律宾等国，进行了历史文化与和平友好的广泛交流。这些都属典型的公共外交活动。

各国纪念馆的设计都尽力协调对内和对外的传播。英国曾经在20世纪90年代的中后期，通过通商、观光（包括各种纪念馆）、文化振兴来强化公共外交。他们在发展旅游业的同时，没有忘记着力唤醒国民的自豪感，以此努力刷新英国“保守顽固的阶级社会”的旧国际形象。“9·11”事件以后，美国强调重振公共外交，注意到表达的手段要适合青少年。英美两国的这些做法，几乎与中国纪念馆的工作重点与对象完全一致，除了对外交流，还以本国青少年为对象进行教育，唤醒国民爱国主义的自豪感、责任感和自信心。

用讲故事的方式传播历史文化，开展公共外交，是一种好的方法。公共外交可以更为宽松、生动和灵活地采取多种形式在多种场合发出声音，讲述本国的“故事”。许多历史事件与文化现象往往比较复杂，如用心不够，讲解起来会枯燥、呆板。如果通过纪念馆忠于史实的再描述，把它们变成一个个有情、有景、有味、有吸引力的故事，再配之于一幅幅图片，使历史人物或者历史事件鲜活起来，才能易于人们，尤其是外国人听得明白。

出版这套书是一件值得肯定和支持的好事。我相信《中国纪念馆故事》的出版问世，一定会引起社会各界的重视，也为我国开展公共外交增添一抹亮丽的色彩。

（作者原为中国国务院新闻办公室主任，现任中国人民政治协商会议常委、外事委员会主任，兼任中国人民大学新闻学院院长）

目　录

前　言

巍巍大别山是红军的摇篮，将军的故乡。它与井冈山、太行山齐名，并称为中国三大革命历史名山。翻开中国革命史册，大别山的词条下记载的是悲壮而辉煌的历史，是百折而不屈的性格，是历久弥坚的信仰。在艰苦卓绝的革命战争年代，以大别山为中心的鄂豫皖苏区是保持28年红旗不倒、22年坚持武装斗争不断的革命老区，保存了革命的星火，积蓄了燎原的力量，为共和国的诞生奠定了坚实的基础。

大别山是一座镌刻业绩的革命丰碑。这里留下了众多党和国家领导人的光辉足迹和349位开国将军的革命历程。28年的革命斗争中，老区军民怀着对革命事业的无比忠贞，谱写了一曲曲光照千秋的动人诗篇。民间传颂着他们那些动人故事和人生小品，有的风趣幽默，有的可歌可泣，有的温暖人心，有的发人深省，震撼世道人心！

往事虽然年代久远，但却无法磨灭，记载和传承那段革命战争年代的红色历史更是我们的责任。为了那些不应该被忘却的记忆，为了那些不应该被丢弃的信念，也为了弘扬大别山精神，鄂豫皖革命纪念馆组织人员，广泛收集、精心挑选出50个最具代表性的精品故事，编纂出版了《鄂豫皖革命纪念馆故事》，透过这些珍贵的图片和凝练的文字，再现出鄂豫皖革命历史进程中的诸多动人细节。尽管资料不足、水平有限，但我们还是衷心希望这本书能以故事汇的形式，真实记录下那段激情燃烧的岁月；以独特的视角，充分反映出那个时代热血青年崇高的理想、坚定的信念和高尚的品质！

《鄂豫皖革命纪念馆故事》里有信仰，有深情，有魅力，也有震撼！需要我们用心去体会，用心去探索，更重要的是让那些烽火燃烧的岁月凝固下来，供读者重新阅读历史，充分认识历史，在过去与现在之间架起桥梁，用新的价值观共同面对美好的未来。

鄂豫皖革命纪念館
江澤民

鄂豫皖革命纪念館

第一部分

一代风流

周恩来来到宣化店

抗战结束后，中原解放区遭遇了极大的生存困难，由于是国民党统治的腹地，交通的便捷，使国民党军队在日本投降后迅速到达这里，很快就对中原解放区形成了包围趋势。

在国民党军队重兵包围中坚持下去，所付出的代价将是巨大的。此时，以宣化店为中心的解放区方圆不足五十公里，却聚集着中原军区数万人的部队和家属，还有四十万的百姓。国民党军队的严密封锁使这里发生了很严重的吃饭问题。国民党军队不但控制了所有可能运输粮食的道路，而且在边缘地区故意抬高粮价，以吸引解放区内百姓的粮食外流，中原解放区根本无法运输任何给养。

虽然说国共《罗山协议》规定："共产党能够领导之军队，得在其所驻地区之间运输给养，国民党军队不得阻挠干涉"，但是，协议依旧是一纸空文。就在王震离开罗山三天以后，周恩来看到了中原军区的电报："给养已到无米为炊的程度。"1946年3月，马歇尔一行到达汉口，李先念提出中原共产党军队"被政府军围困，粮食断绝，十分困难，请求移防就食"。国民党代表张治中反对，认为一

周恩来和国民党代表、美方代表在宣化店的合影

旦移动部队，必将“惹起误会”。周恩来反驳说：“总不能坐以待毙嘛。”为了解决中原军区官兵的生存问题，周恩来甚至争取与国民党方面做成一笔买卖：由共产党晋察冀解放区和山东解放区拿出两万吨粮食，卖给国民党军位于北平、太原、新乡和济南等处的部队，换取现金，然后拿这些现金在武汉购买粮食再转运到宣化店。可是买卖还没做成，周恩来却得到一个惊人的消息：国民党军将在5月到9月间向中原解放区发动进攻。

1946年5月，在内战一触即发的关键时刻，周恩来肩负着党中央和毛主席的重托，同国民党以及美方三方代表赶赴宣化店巡视并谈判。从武汉去宣化店，道路坑坑洼洼，汽车颠簸得很厉害，国民党军队沿途修的碉堡工事、军队的频繁调动，历历在目，大战前的气息昭然若揭。当吉普车行至黄陂县境内十棵松河边时，因河水上涨临时搭的木桥被冲断，不能过河。此时，国民党方面的代表王天鸣就提出返回武汉，等水退后改日再度启程。可周恩来却坚持在原地等候。于是，周恩来一行就在姚家大湾的老百姓家休息。吃饭时，当他到厨房揭开锅盖，看到农民锅里全是野菜，就叫警卫员买来一些大米，倒入锅里，煮成野菜粥和大家同吃。老乡过意不去，周恩来却笑着说：“我们是一家人，应该同吃一锅粥啊！”而美方人员嫌农家脏，则撑起自带帐篷，吃起了罐头食品。

第二天一早，河水仍然不退，汽车不能通行。同志们找来了当地的保甲长，他们也束手无策。这时，在河边聚集着一些老百姓，他们没见过吉普车，围着汽车看热闹，觉得新鲜。曾经担任过黄陂县委书记的任士舜非常着急，他对围观的群众说：“我们是到宣化店进行和平谈判的，现在过不了河，大家想想有什么办法？”

一位20多岁的小伙子腼腆地说：“我看可以抬过去。”

“行吗？”

“可以试试。”

这个时候，美方代表和国民党的代表觉得人抬汽车很可笑。

1946年白鲁德拍摄周恩来涉水时的场景

周恩来却说："可以试试，再请些老乡来，人多力量大。"就这样，十几个壮汉带着绳子、杠子，把吉普车捆了起来，把吉普车和坐在车里的国民党代表王天鸣、美方最高代表白鲁德抬过了河。其他美、蒋方面的人员，也被农民背过河去。

周恩来走到河边，农民们争着要背他。他亲切地说："乡亲们，你们为了争取和平，给了我们很大的支持，我们很感谢你们！二万五千里长征，登山涉水，是我们共产党的本领，今天我们不能再麻烦你们了。"说着，48岁的周恩来便脱下长裤，由警卫员扶着，赤脚趟过100多米宽、水深及腰的河流。美方最高代表白鲁德坐在吉普车看到这一幕后被周恩来的人格深深折服，就用相机记录下了这感人的瞬间。35年后的1981年，当年跟随周恩来渡河的秘书章文晋作为新中国第二任驻美大使，在美国拜访了两鬓斑斑的白鲁德先生。白鲁德回忆起渡河的往事，依然对周恩来赞叹不已，将自己珍藏了35年的照片送给章文晋带回国内，我们现在才能看见当年珍贵的瞬间。

邓小平严肃军纪

1947年，人民解放军经过一年的战略防御，彻底粉碎了敌人的全面进攻，扭转了战争的被动局面。国民党只能指望以所谓能抵挡“四十万大军”的黄河天险来阻挡我军进攻。此时，党中央毛主席审时度势，英明决断，举行全国性的反攻，即主力打到外线去，将战争引向国民党的区域。决定由刘伯承、邓小平率领的晋冀鲁豫野战军千里跃进大别山，一场中外战争史上的伟大壮举开始了。

刘邓大军经历一道又一道的天然障碍，于8月27号胜利进入大别山，来到光山这块红色的英雄土地上落脚。初到大别山，由于部队从北方到南方，不服水土，语言不通，地形不熟，又缺乏山地作战经验，几次战斗打的都不理想。在这种情况下，有些同志对重建大别山根据地的战略意义和艰苦性认识不足，部队一时出现了擅拿老百姓的东西、打人、抓向导等纪律松弛的现象。

刘伯承和邓小平在大别山时的合影

在刘邓大军千里挺进大别山的过程中，有一天，刘伯承和邓小平发现一个非常奇怪的事情，看见一个军人用步枪挑着一匹布和一捆粉条，腋下夹着一刀白纸和几支毛笔走出店铺，扬长而去。邓小平便让保安干部去调查一下事情的真相。原来是个警卫团的副连长张桂良，见店铺主人不在，便拿了一匹布和一捆粉条。保卫干部又补充了几句："天凉了，首长们穿着单衣，他准备用白布给首长们做衣服；进山不到两个月，首长们瘦多了，他说用粉条给首长改善生活。"邓小平竖着两道剑眉，严肃地说道："身为干部，带头败坏军纪，在群众中影响极坏，此事决不能姑息，应召开群众大会，将此人就地正法，惩一儆百，以挽回影响。"大会由张际春副政委主持，当读到"为严肃军纪，兹决定将张桂良予以枪决，立即执行"的时候，周围的群众不约而同地一起跪了下来，齐声为张副连长求情，那个布铺老板和粉条的主人从人群中挤出走上台来，跪在张副政委脚下，边磕头边流着眼泪说："一捆布和粉条值什么钱？就当是我们送的，请千万千万留下副连长的一条命啊。"在场的每一个人，无不为之动容。张际春副政委将两位老乡扶起，深情地说："我们是人民的军队，我们的军队不同于国民党反动派的地方就是把人民群众的利益看得高于一切，我们的'三大纪律八项注意'规定得很清楚，不允许拿群众的一针一线，现在张桂良违犯了军纪，必须军法处置，决不姑息留情！"而一直耷拉着脑袋的张桂良看到眼前的情景，也不由得流下泪来，大声哽咽着说道："首长们！同志们！老乡们！我辜负了共产党对我的教育和培养，对不起老乡，对不起首长和战友，也对不起我的家庭，我请求组织上给我的家庭传个信，就说我是在战场上牺牲的……"说完，泪如雨下，全场的战士和老百姓也无不垂泪。

当他被押下台来到河滩边时，他又对执法的战士说："我的家在华北，我要面北而死。"说完，他跪到地上对着北方连磕了几个响头，然后才挺直身子，引颈就刑。随着一声清脆的枪声响在河滩上，枪声震荡着周围的群山，也震荡着军民的心！

那个战火硝烟年代，就凭"三大纪律八项注意"，硬是将官兵约束得规规矩矩，纪律面前，官兵平等。对副连长案件，平时既爱兵如子又治军极严的刘伯承和邓小平在“爱”与“严”交织的两难中，挥泪肃军纪，做出了悲壮而又艰难的抉择。从“刘邓含泪斩连长”看，军纪严明才是我军胜利的保障，如果一个军队，没有一个铁的纪律，没有一个军令如山的号令，要想取得彻底的胜利是不可能实现的。

李先念是我们的青年英雄

李先念，湖北省红安县人，伟大的无产阶级革命家、政治家、军事家，坚定的马克思主义者，党和国家的卓越领导人。

中共六届六中全会闭幕后，延安马列学院和抗大的广大学员都陆续安排了工作，走上抗日前线。一天，总政治部副主任谭政找李先念谈话："先念同志，组织决定让你到八路军一二九师当营长，你有什么意见吗？"从军政委降到营长，而当时一般都是军级干部至少担任团级干部，而这种连降六级的方式是一般人难以接受的。可李先念没有想这些，他想的是只要能扛枪打击日本侵略者，干什么都行，因此，他坚定地回答："坚决服从组织的安排。"

不久，毛泽东把李先念找去，问道："听说要你到一二九师去当个营长，有这个事吗？"李先念作了肯定回答。毛泽东说："这太不公平了。"又问："高敬亭这个人你认识吗？"李先念说："不仅认识，还很熟。"毛泽东说："这样吧，你到他那里去当参谋长怎么样？"李先念表示听从主席的安排。这样，李先念准备去新四军第四支队当参谋长。

李先念

在去新四军第四支队的途中，中共中央中原局组织部长兼河南省委书记朱理治希望李先念能留在豫鄂边担任军事部长。在经过刘少奇同意，并经中共中央认可后，李先念留在了豫鄂边，成为领导豫鄂边人民敌后抗日战争的主要领导人之一，并将豫鄂边抗日武装力量发展为新四军第五师，创建了豫鄂边区（鄂豫皖湘赣边区）抗日民主根据地。到抗日战争胜利前夕，根据地发展到9万多平方公里，人口约1300万人，建立了8个专区和11个中心县、66个党政军组织齐全的县级抗日民主政权。

抗日战争胜利后，为了粉碎蒋介石集团假和谈、真内战的阴谋，阻止国民党反动派抢夺人民抗战胜利果实的步伐，配合我东北、华北、华东等解放区的人民自卫战争，以新四军第五师为基础成立的中原军区，在李先念等人的领导下，坚守中原战略要地达10个月之久，有效地在外线牵制了国民党军队的进攻，为中国人民解放战争的战略全局赢得了准备时间。

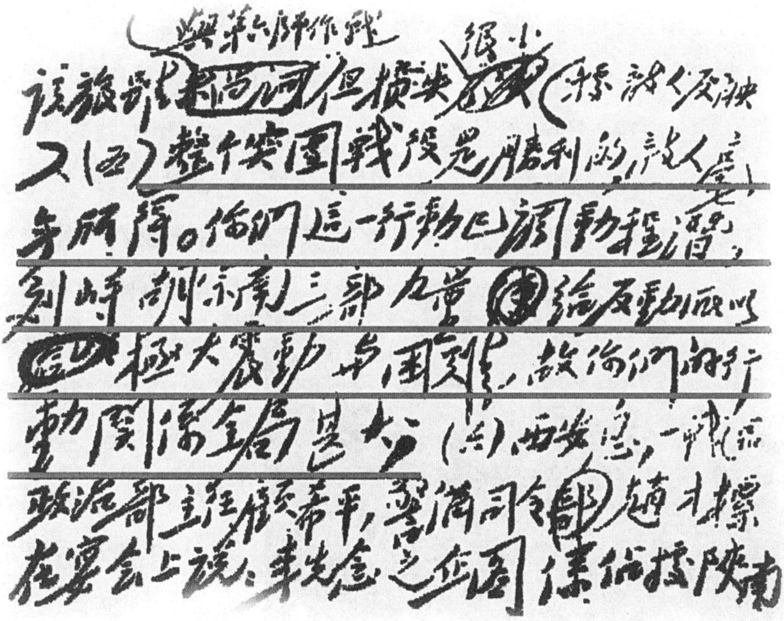

毛泽东为中原突围起草的贺电

从1946年4月起，蒋介石调集26个整编师30万兵力，在中原解放区周围构筑6000多座碉堡，挖战壕及工事10万多条（个），侵占城镇乡村1175处，使中原解放区缩小到以宣化店为中心的纵横不到60公里的狭小地带。鉴于中原地区的严峻形势，中共中央和中央军委指示中原解放军，立即突围，“生存第一、胜利第一”。中原军区抢在国民党军发动总围攻之前，于6月底发起中原突围战役，成功地突出重围。

正当中原部队仍在进行突围战役期间，党中央获悉国民党军将同时向华中、山东、豫东、豫北解放区进攻的部署。于是，党中央和毛泽东从解放战争战略全局出发，决定先在内线打几个胜仗，再转至外线，以确保在政治上更为有利。1946年7月5日，毛泽东以中央军委名义电告郑位三、李先念：“你们的任务是活动于鄂西北、豫西南广大地区，一面保护自己，一面牵制大量敌人，这对全局贡献极大。”

1946年7月22日，突围至鄂西北、豫西和陕南的中原军区部队抵达山阳县的白鲁础后，中原局立即召开会议。会上，李先念坚定地表示，中共中央和中央军委对南线作战计划的调整和对中原军区部队提出的新任务，是从解放战争全局出发所作出的重大决策，也是对中原部队的高度信任。中原军区部队应坚定不移地贯彻执行中共中央、中央军委的指示，立即结束转战，迅速投入创建敌后根据地的伟大斗争。

鄂豫皖革命纪念馆景观陈列——中原突围柳林战斗

当时的中原军区突围各部队是疲惫不堪之师，尤其是进入鄂西北、豫西和陕南的南北两路主力军，面临着山大、人稀、地瘠、民贫的现状，给养十分困难。李先念骑的马被杀，用来充饥。李先念曾说："这次突围比我们长征时某些方面还艰苦！长征路上没有这样严重的敌情，到了少数民族地区虽然很艰苦，但只要和少数民族关系搞好，吃的还有。这次突围，敌人又追又堵，我军没有饭吃，没有鞋穿。"但是，广大中原军区将士义无反顾地执行党中央所赋予的在外线牵敌、创建根据地的光荣使命。

对于中原军区部队顾全大局、坚决执行党中央的决定的行动，党中央和毛泽东给予高度评价。1946年10月，毛泽东在《三个月总结》中说："过去三个月内，我中原解放军以无比毅力克服艰难困苦，除一部转入老解放区外，主力还在陕南、鄂西两区，创建了两个游击根据地。此外，在鄂东和鄂中均有部队坚持游击战争。这些极大地援助了和正在继续援助着老解放区的作战，并对今后长期战争起更大作用。"

1946年11月初，李先念奉命暂时离开中原军区部队辗转到达延安，从1938年底离开延安奔赴中原抗日前线起，已时隔8年之久。毛泽东在延安枣园亲切接见了李先念，李先念向毛泽东详细汇报了中原突围和创建鄂豫陕根据地的斗争情况。毛泽东一边望着消瘦不堪的李先念，一边听取他有条不紊的汇报，打内心里疼爱这位顾全大局、敢挑重担的年轻将领。全国解放不久，云南省的龙云先生从北京回云南，路过武汉，想见见李先念。他说："毛主席对我说，李先念是我们的青年英雄！"

威信不是吹起来的

徐向前，山西省五台县人，中国人民解放军创建人和领导人之一，中华人民共和国元帅。

1929年6月初，徐向前同桂步蟾一起，装扮成商人模样，从上海乘船到武汉，然后进入鄂东北根据地。在箭厂河徐向前见到了鄂东北特委书记徐朋人。徐朋人说："特委已决定你和桂步蟾都去红十一军三十一师工作。吴光浩同志牺牲的消息，特委还没有向部队和群众宣布。你名义上是副军长、副师长，实际上要担负起全面的军事领导工作。"

徐向前从不以党中央派来的干部自居，在工作上，特委分配做什么，就做什么，出了问题，主动承担责任，从不埋怨别人。他处处事事以身作则，与群众打成一片，不搞特殊化，很快就取得了当地干部和群众的信任。徐向前回顾初到大别山的那些日子，说："我那时能够站得住脚，很重要的一条，就是能带着部队打仗。我在黄埔军校，学了些军事知识，在海陆丰作战，积累了一些游击战的经验，有用处。带着大家打游击，不断取得胜利，没吃过大亏。另一条，脚踏实地，埋头苦干，不指手画脚，评头品足……威信就是这样建立起来，

徐向前

而不是吹起来的。"

徐向前来到鄂豫边不久，就领导鄂豫边军民先后粉碎了敌人的"罗李会剿"、"鄂豫会剿"、"徐夏会剿"三次"会剿"，取得了巨大胜利，红三十一师由300多人发展到700多人，鄂豫边根据地得到进一步发展和巩固。

1929年11月20日至12月2日，中共鄂豫边第一次代表大会在光山县南部胡子石召开。12月27日至29日，鄂豫边第一次工农兵代表大会在光山县南部细吴家召开。徐向前被选为特委委员和革委会军委主席。在中共鄂豫边第一次代表大会期间，徐向前、戴克敏、曹学楷共同起草了《军事问题决议案》。决议案认真总结了鄂豫皖根据地初创时期红军的游击战术，其中总结出七条游击战术原则：集中作战，分散游击；红军作战尽量号召群众参加；敌情不明不与作战；敌进我退，敌退我进；对敌采取跑圈的形式；对远距离的敌人，先动员群众扰乱敌人，再采取突击的方式；敌人如有坚固防御工事，不与作战。正如徐向前所说："这些东西，既不是天上掉下来的，也不是人们头脑里固有的。它是部队和群众实际斗争经验的提炼、概括、总结。"

徐向前与叶剑英

1930年4月，红一军在箭厂河成立，许继慎任军长，曹大骏任政委，徐向前任副军长兼红一师师长。红一军成立不久，徐向前率领红一师西出平汉路，连战皆捷，威震敌胆。花园镇大捷后，徐向前到三团三连了解情况，吃饭的时候，连长朱寻子特意弄了几个菜，有一个烧鸡块，一个炒鸡蛋，一个白菜，一个咸菜，还弄了一瓶酒。徐向前入席一看，便问：“为什么做这么多菜？”连长笑着回答：“庆祝花园镇战斗胜利！”徐向前很不高兴地说：“这是什么规矩，庆祝胜利就搞肉搞酒？战士们的伙食费不多，我们要和战士打成一片！”徐向前只夹了点白菜和咸菜就饭，烧鸡块和炒鸡蛋叫几个警卫员吃了。

1931年1月，红一军与红十五军在商城南部长竹园会师，合编为红四军，旷继勋任军长，余笃三任政委，徐向前任参谋长。不久，徐向前改任红四军军长。1931年5月，蒋介石集中大量兵力对中央革命根据地发动大规模的第三次“围剿”，而对鄂豫皖革命根据地则暂取守势。7月中旬，红四军第十、十一、十二师的5个团在徐向前、曾中生等率领下由商城出发，冒着酷暑行军，直取英山，全歼守敌1800余人。接着，红四军连克蕲水、罗田、广济3城，取得歼敌7个多团的重大胜利。红四军的南下作战，牵制了敌人原拟派往江西的部分兵力，减轻了中央根据地的压力，有效地配合了中央苏区的反“围剿”斗争。

1931年9月，张国焘在鄂豫皖苏区展开了“肃反”运动，乱捕乱杀，而徐向前冒着生命危险保护了一大批革命干部。在苏家埠战役期间，时任班长的陈锡联被扣上“吃喝委员会”的帽子抓起来。徐向前听说这件事后，发了火，说：“几个小孩子，家里穷，跑出来参加革命。肚子饿了，在一起吃点东西嘛，什么‘吃喝委员会’！抓了的，放掉！没有抓的，不许抓!”还有一次，徐向前、陈昌浩正在河滩上散步，听见有人喊“共产党万岁”，就赶过来。走到近前，看见被绑着的是周希汉，两人都有些吃惊。徐向前问周希汉：“怎么回

鄂豫皖革命纪念馆景观陈列——徐向前

事？”周希汉的脖子还在梗着，气哼哼地说："张主席（张国焘）说我安排的房子孤零零的，易受敌机轰炸，是有意谋害他。”徐向前同陈昌浩对视了一眼，徐向前喝道："放了他！”这样，周希汉才捡回一条命。但徐向前却未能保住他的妻子程训宣。1931 年，被以“改组派”的名义关押，双手被捆绑吊于梁上，并遭毒打。1933年秋，在王锡九村附近的黑洼被杀害。徐向前直到1937年在延安才得知程训宣被杀害。

1931 年11月，红四方面军在红安县七里坪成立，下辖红四军、红二十五军，徐向前任总指挥，陈昌浩任总政委，全军近3万人。红四方面军成立后，先后发起黄安、商潢、苏家埠、潢光战役，取得了第三次反“围剿”斗争的胜利。黄安、商潢、苏家埠战役均采用“围点打援”的战术，有效地挫败了敌人。特别是苏家埠战役，紧紧围住苏家埠、韩摆渡的敌人，选择有利地形伏击援敌，历时48天，歼敌3万余人，生擒总指挥厉式鼎，取得了红四方面军战史上空前大捷。徐向前说："我们采用的主要战术手段是围点打援，证明符合实际情况，达到了大量歼敌的目的。”

从1929年6月到1932年10月，徐向前挥师征战大别山3年多，将大别山300多名红军发展壮大为拥有4.5万人的铁血雄师——红四方面军。红四方面军骁勇善战，以敢打恶仗、硬仗而著称，具有“狠、硬、快、猛、活”的顽强战斗作风，这与徐向前等老一辈无产阶级革命家、军事家的培育是分不开的。

对中国革命有大功的人

在鄂豫皖革命根据地创建时期，有一首流传很广的歌谣：

黄安出了个赵赐吾，
麻城出了个邱江甫，
黄陂出了个臭豆腐，
光山出了个蹦天鼓。

这四句话分别说的是鄂豫皖革命根据地四位红军将领。黄陂的“臭豆腐”说的就是徐海东大将。

徐海东

徐海东，湖北省黄陂县徐家桥村(今属湖北省大悟县)人。原名元清，1926年参加北伐军时，改名徐少奎。黄麻起义失败后，徐海东的家被抄，房子被烧，亲属中有66人惨遭杀害。但徐海东毫不退却，毅然改名为“徐海动”，以示下决心像大海的波涛一样，把反动的统治搞它个天翻地覆。后来，人们把“海动”听成了“海东”，叫他“徐海东”。徐海东也认为这个名字很好，于是，就有了“徐海东”这个名字。

徐海东带领部队在大别山打游击时，神出鬼没，打得敌人闻风丧胆。徐海东每次作战，身先士卒，冲锋陷阵，身体受到严重损伤，平时总是躺在担架上，但一旦打起仗来，立即精神抖擞、勇猛无比，所以，人们给徐海东起了个绰号叫“徐老虎”。1932年潢川战斗中，敌人集结20多个团，洪水般涌来。陈赓派徐海东率领红三十六团在前面死守。徐海东带领部队与敌人血战三天三夜，打退敌人20多次冲杀。战斗结束后，陈赓向师政委说：“三十六团这一仗打得好啊，徐海东同志真是个老虎！”政委笑着说：“他这个‘臭豆腐’，真有诱人的味道！”陈赓大笑：“蒋介石很怕这个‘臭豆腐’哩，他们一沾上，就跑不脱了！”

徐海东不仅英勇善战，而且襟怀磊落，处处以大局为重。1934年11月，奉中革军委指示，徐海东与吴焕先、程子华等率领红二十五军撤离鄂豫皖根据地，进行战略转移。后红二十五军历尽千辛万苦，创建了鄂豫陕根据地。1935年7月，当得知中央红军与红四方面军在川西会师并有北上动向的消息后，鄂豫陕省委立即召开紧急会议，决定红二十五军西进甘肃，牵制敌人，迎接党中央和一、四方面军。徐海东在会上表示，我们能牵制敌人，保证中央北上，这对中国革命有重大意义。在此行动中，即使我们这3000多人都牺牲了，也是光荣的。1935年9月，徐海东率红二十五军先期到达陕北，为把中国革命大本营放在大西北做出了巨大贡献。最令毛泽东念念不忘的是，徐海东克服重重困难，借钱给中央红军，使中央红军度过了陕北的第一个寒冷的冬天。

徐海东

那是1935年严冬，中共中央和中央红军主力胜利到达陕甘宁边区，与陕北红军会师。部队面临着严重的经济困难，缺吃少穿，连温饱都成问题。如何筹到粮、被，让战士们顺利过冬便成为摆在红军领导人面前的首要问题。

毛泽东同周恩来、彭德怀、林

伯渠等多次开会商讨解决部队给养等问题，还在凤凰镇专门设采办处，由陕甘支队后方部部长杨至成任主任。杨至成走马上任盘算家底后发现，部队满打满算也只有1000多块大洋了。当时红一方面军有7000多人，要想度过眼前的给养难关，至少需要两三千大洋。

杨至成将情况向毛泽东、周恩来做了汇报。周恩来着急道："上哪儿去弄这么多的大洋啊？"毛泽东听了，突然想到了前几天刚见面的红十五军团军团长徐海东。他对杨至成说道："我给你写个借条，你拿去找找徐海东如何？我相信，只要有可能，海东是一定会帮我们这个忙的。"于是毛泽东挥笔写道：

海东同志：

请你部借2500元给中央，以便解决中央红军吃饭穿衣问题。

此致

敬礼！

毛泽东

1935年12月

杨至成立即拿了借条找到了徐海东。看完纸条后，徐海东陷入了深深的自责和愧疚中。自从和中央红军会师后，早该想到中央的困难了。虽然让经理部给中央几位领导做了几套棉衣，送去了几包银耳，但就是没有想到该拨出一部分钱款去为红军解饥寒。如今反倒让毛主席亲自打条子来借钱，这可真是不应该啊！

杨至成走后，徐海东立即叫人把供给部长查国桢找来，问他："咱们现在总共还剩多少钱？""还剩7000块大洋。"查国桢答道。"那好，留下2000，5000给中央。"徐海东手臂用力一挥，斩钉截铁地说道。

一向对钱看管得很严的查国桢坐在炕沿上，没有言语。他思量：军团首长决定了的事，当然不该反对。可是，部队眼下正需要花一大笔钱支付部队伤病员过冬的费用啊！

徐海东明白查国桢心里是怎么想的，他对查说道："是啊，这点钱我们自己就不够用，若拿出5000块钱，就更不够用了。可是，你想过没有，毛主席动口向我们借钱，说明党中央、中央红军比咱们还要困难。我们就是不吃不穿、挨冻受饿，也要支援党中央，也要保证他们度过陕北的第一个冬天啊！”

查国桢毕竟是一名经历了长征生死考验的老红军、老党员，听了军团长的一席话，坚定地点了点头，说：“我们在陕南的时候，天天想中央、盼中央。你和吴焕先政委当时都说，我们哪怕3000多人都牺牲了，也要迎接中央的到来。现在送去几千块钱，这算得了什么！我这就去办！”

第二天，供给部派人把5000块钱送到中央红军后勤部。杨至成高兴地说：“这下可救了急啦！”

很多人不知道毛泽东亲自写条子借钱这桩事。但毛泽东却一直记着，很多年之后，他还说：“那时候，多亏了那5000块钱啊！”

徐海东是无产阶级卓越军事家，久经考验的共产主义战士。毛泽东曾高度赞扬他是“对中国革命有大功的人”，是“工人阶级的一面旗帜”。

革命到底的王树声

抗日战争时期的王树声

王树声，湖北省麻城人，中国工农红军及中国人民解放军主要领导人之一，中国人民解放军大将。

大革命时期，王树声与其堂兄王幼安等在麻城掀起轰轰烈烈的农民运动。地主豪绅们对农民运动极端仇视。麻城乘马岗区大河铺罗家河村有个大土豪丁枕鱼，有良田七八百亩，全乡大部分农民都是他的佃户。丁枕鱼仗着有钱有势，为非作歹，恶贯满盈，视农会为眼中钉、肉中刺，发誓要与农会较量到底。丁枕鱼是王树声的嫡亲舅爷。在讨论如何处置丁枕鱼时，王树声首先主动提出立即捉拿丁枕鱼，打掉他的反革命嚣张气焰。王树声一提，大家谁也不吭气。当王树声意识到大家的顾虑，便直截了当地说："是不是因为丁枕鱼是我的舅爷？请农友们放心，我王树声坚决和大伙站在一起，革命到底，永不变心！"王树声"啪"的一声，用拳头砸了一下桌子，斩钉截铁地说："走，今天就找丁枕鱼算账去！"王树声带着农友们冲进丁枕鱼的住宅，将其逮捕，并送到县农民协会关押受审。

1931年2月上旬，红四军围攻光山县南部重镇新集。时任三十团团长的王树声率部担任主攻。王树声组织红军战士挖了一条从城北通向城墙底下50多米长的坑道，然后将一口装满炸药、碎铁、秤砣的红漆杉木大棺材抬来，安上炮引，用滚木将棺材从暗道推入城墙下。随着城北城墙处“轰”的一声巨响，城墙被炸开了一个丈余宽的缺口。王树声迅即指挥红军战士攻入城内，城内的敌军和土豪劣绅等千余人大部被歼。新集战斗开创了我军历史上坑道爆破攻城的先例。

1931年11月，红四方面军成立，王树声任红四军第十一师师长，随即率部参加黄安战役，在黄安城南阻敌增援。1932年1月，在商潢战役中，王树声指挥所部采取迂回包围战术，攻占北亚港。6月，王树声任红二十五军第七十三师师长。10月，红四方面军主力撤离鄂豫皖苏区，王树声率部担任掩护，接连在新集、土桥铺、漫川关击败国民党军队堵截。

1933年7月，王树声任红四方面军副总指挥兼红三十一军军长。11月，在反四川军阀刘湘“六路围攻”作战中，王树声在西线采取收紧阵地、待机反攻的作战方针，以12个团的兵力牵制和抗击四路敌人60多个团的进攻。翌年8月，红四方面军总指挥徐向前奔赴西线，王树声协助其指挥全线反攻，毙俘敌人1.4万余人。西线之敌溃败，“六路围攻”被粉碎。1935年3月，王树声参与指挥嘉陵江战役，率部强渡嘉陵江，攻占剑门关，为策应党中央和中央红军北上做出了贡献。

1936年10月，为执行《宁夏战役计划》，王树声率部西渡黄河，任西路军副总指挥兼红九军军长。后率部在河西走廊与马家军展开生死血战。1937年3月，西路军转移到石窝地区，仅剩不足3000人。西路军军政委员会主席陈昌浩主持召开紧急会议，决定将余部整编为3个支队，在祁连山区打游击。李先念等率领左支队千余人，向西游击；王树声率领右支队500余人，向东游击；毕战云率总部机关、伤病员、妇女及小孩为另一支队，就地游击。王树声率领右支队与尾追之敌血战近两个月，仅剩30余人骑，有效掩护了左支队西进新疆。6月，他们突出祁连山时，已不足10人。在山丹分为两股，决意东返陕北。王树声带领两名战士，历经艰辛，穿过茫茫腾格里大沙漠。走到黄河边，忽遇敌人，王树声一行3人又被冲散，只剩下王树声孤身一人。王树声乞食为生，历尽艰辛，终于到达延安。毛泽东听说王树声归来了，马上挂电话亲切地对王树声说："你回来就是胜利。"

1944年冬，王树声奉命率领游击第三、第四支队，由延安出发，进入河南，同皮定均、徐子荣率领的抗日武装会合，组建河南军区并任司令员。进入豫西后，王树声广泛发动群众，创建抗日根据地。他反复教育干部和战士，要体贴人民、爱护人民，并严明军纪，约法三章：不进围子，不走小路，不踏青苗。到1945年8月抗战胜利，王树声领导创建的河南（豫西）抗日根据地面积2万多平方公里，拥有300余万人口，成为抗日战争时期全国19块解放区之一。

抗日战争胜利后，王树声根据中共中央指示，率部南下，归中原军区建制，任第一纵队司令员。中原突围时，王树声率领第一纵队，作为南路突围主力，突破敌人的重重围堵，于8月初到达鄂西北。中共中央命令王树声在鄂西北创建根据地，并任命其为中共鄂西北区党委书记、军区司令员兼政委。鄂西北地僻民穷，战士没有粮吃，就只有找些野菜、野果之类充饥。王树声鼓励战士说："现今我们吃一些苦，正是为了我们子孙后代不再受压迫、受剥削。"

1947年6月，病未痊愈的王树声，要求随刘邓大军千里南征。中共中央批准王树声的请求，任命他为鄂豫军区司令员。鄂豫军区一建立，王树声就指挥所部配合刘邓大军主力，粉碎敌人的"重点清剿"，支持与筹建各级政权和地方武装，保护土地改革，为重建大别山革命根据地打开了局面。

刘邓大军主力转移到淮河以北后，敌人对大别山进行疯狂"清剿"。王树声率部在崇山峻岭之中与敌周旋。王树声以身作则，严格遵守"三大纪律八项注意"。一扇门板，一捆稻草，一条军毯，一包衣物，就是王树声的全部“家当”。王树声的棉袄烂得满是窟窿，也不让调换，并说：“咱们的刘邓首长，不也都穿的是破棉袄么！”

中华人民共和国成立后，王树声任湖北军区司令员、中南军区副司令员、中国国防部副部长等职。1955年9月，被授予大将军衔。1974年1月，王树声食道癌病情恶化。其间，周恩来代表党中央、毛主席专程看望王树声，既温情、又庄严地说：“树声同志，党中央、毛主席了解你，我们了解你！你是党的一个好同志，为革命做出了应有的贡献。你是鄂豫皖革命根据地的创始人之一……”

1974年1月7日，王树声在北京病逝。

传奇将军许世友

鄂豫皖苏区是土地革命时期仅次于中央苏区的第二大革命根据地，新县县城（新集）是鄂豫皖苏区首府所在地，大别山是红军摇篮、将军故乡，革命战争时期，培育出了红四方面军等多支红军主力部队。许世友、李德生、郑维山等百余名信阳籍将军从这里走向全国。

在鄂豫皖革命纪念馆陈展的众多信阳籍将军中有这样一位传奇人物：他曾在少林寺习武8年，然后投身革命，转战南北，驰骋疆场；在近60年的戎马生涯中曾7次参加敢死队、5次任队长、8次身负重伤；在解放战争时期，他参加了著名的莱芜、孟良崮等重大战役，更显出他英勇善战的将军风范，他就是一代名将许世友！

就是这样一位铁骨铮铮、身经百战的男子汉，心中却有着侠骨柔情的一面。许世友将军14岁那年，父亲不幸病故，全家八口人的生活重担压在许母身上。然而，这个坚强的母亲并没有被困难吓倒，她起五更、摸半夜、种田纺线一人担。正是她大山般坚毅的性格，含辛茹苦、任劳任怨的品德，深深影响着少年时期的许世友。在将军的一生中，母

许世友

许世友母亲

亲是他终生的牵挂，因此又有了将军三跪母亲的传世佳话。

1932年，红军主力西征，将军一跪母亲与其告别；1947年就任山东兵团司令员的将军二跪母亲，把她接到身边安度晚年；1959年，阔别27年的将军回到故乡看望母亲。然而母亲不在家，将军便折身到后山寻找，当他看到一位头发花白，身背一捆干柴的老人从山上踉踉跄跄走下来时，将军认出了这正是自己85岁高龄的老母亲，想到自己年迈的老母亲至今还过着这种艰苦的日子时，将军眼泪夺眶而出，“扑通”一声跪倒在地，喊了一声“娘！”母亲定了定神，颤抖着说了一声“友伢子，你回来了！”然而，最终母亲病危时，忠孝难以两全的将军毅然选择民族大业，留下终身遗憾。当将军得知自己身患癌症时，他留下了遗书：“活着为国尽忠，死后为母尽孝。”

1985年10月，一代名将与世长辞，根据其生前土葬的请求，邓小平批示：“许世友将军是位具有特殊性格、特殊经历、特殊贡献的人物，中央特殊对待，准许回老家松林土葬。”将军终于在久别家乡之后重归大别山，长眠在故乡的苍松翠柏之间，日夜陪伴着母亲。“戎马英名垂青史，孝母懿德写华章”正是将军忠孝两全的概括。

星移斗转，磨不灭心底的记忆；日月轮回，冲不断后人的缅怀。尽管许世友将军已离我们远去，但他光辉灿烂的一生将永远铭刻在我们心中！

“将军石”的由来

位于大别山南端的新县泗店乡著名红色游览胜地，耸立着一块天然的巨石，人们称将军石，它是一代虎将郑维山幼年放牛，少年站岗、放哨的地方，也是将军投鞭从戎、纵横天下的起点，最后，还是将军英灵归宿之地，即骨灰撒放处。那巍巍高耸的将军石，就是将军忠魂铁骨的象征。

如今，这里更是游人魂牵梦绕、心驰神往的拜谒之地、游览之处，巨石上镌刻的“将军石”三字由著名书法家李铎所书。

郑维山，河南省新县人，1915年出生于新县泗店乡屋脊洼一个贫苦农民家庭，幼年读过一年私塾，以放牛为生。战争年代，他曾三爬雪山，三过草地，两次率部迎接红军主力会师，血战河西走廊，历经危难，屡建奇功，在共和国的建国史上写下了不朽的篇章。1955年授军衔时，郑维山原被授予上将军衔，但他却找到周恩来总理，主动把上将军衔让给了一位年龄比自己大的老同志，自己宁愿接受中将军衔。将军石为一巨大花岗石，周长20余米，高近6米。郑维山将军幼时常

将军石

郑维山

在这里放牛，在将军石下躲风避雨，与此石有着依依不舍的感情。新中国成立后，他多次回到家乡，每次他都要在将军石下独坐沉思。

2000年4月19日，已是85岁高龄的老将军在医院里预感来日不多，经反复考虑，在病榻上给党组织写信，“人总是要死的，这是自然规律。我郑重请求，在我不行的时候，适时停止对我的治疗，多节约些医疗经费，也是我对党的最后一次贡献。我一生积蓄无多，请将我最后一个月的工资作为我最后一次党费上交组织，平时积存下来的书籍送给大别山一个学校，供山区的孩子们使用。丧事从简，中央早有提倡，我是当年带头签字的老同志之一。我死后，不开追悼会，不搞遗体告别，不进八宝山，也不搞任何形式的送别仪式，尸体供医学单位解剖后火化，骨灰撒在大别山屋脊洼的山上。”同年的5月9日将军病逝于北京，根据郑维山将军的遗愿，遗体作医学解剖后火化，家人满足了他的意愿，将其骨灰撒放在屋脊洼后山松林中巨石周围，从此，这块无名的巨石成了将军永恒的墓碑。

毛泽东曾盛赞“南有许世友，北有郑维山”。郑维山将军在七十多年的革命生涯里，为民族的独立、劳苦大众的解放浴血奋战、九死一生，已成为广为传颂的一代传奇人物。

始终为整体着想的“陈大脚”

陈少敏是鄂豫边区抗日根据地重要领导人，是一位杰出的抗日女将，人们都尊称她为“陈大姐”。毛泽东赞誉她为“白区的红心女战士，无产阶级的贤妻良母”。

陈少敏，原名孙肇修，1902年出生，山东省寿光县人。陈少敏从小受父亲孙万庆（同盟会员，参加过辛亥革命）的影响，性情刚烈，敢于向封建礼教和恶势力挑战。当时，妇女缠足之风盛行，而陈少敏率先留大脚，有人故意叫她“陈大脚”，她理直气壮地说：“我要打柴、挑水，有一双大脚，长大了更好干活，有什么不好？”许多年以后，在鄂豫边区，当有人称她为“陈大脚”时，她抬起双脚，十分自豪地说：“这双大脚是我反抗封建旧思想的见证，没有这双大脚，我就不能到鄂豫边区来和你们一起进行抗日斗争！”13岁时，她独自到青岛日本纱厂当过半年童工。19岁时，家乡遇灾荒，父兄等因病饿死，陈少敏又步行250公里再到青岛当女工。1928年，加入中国共产党，并奉党组织指示在青岛领导工人运动。1936年被派往延安中央党校学习。

陈少敏

1937年11月，陈少敏离开延

安到南昌，任中共江西省委妇女部部长。1938年5月调任中共河南省洛阳特委书记，7月任中共河南省委组织部部长。

1939年6月，陈少敏率领一支抗日游击队到达湖北省安陆县赵家棚，与李先念所率部队会师。先后任中共鄂中区委书记兼新四军鄂豫挺进支队政治委员、中共豫鄂边区党委书记兼新四军第五师副政治委员。陈少敏是中共历史上长期主持一个地区全面工作和直接领导武装斗争的少有的女领导干部，为创建鄂豫边区抗日根据地做出了很大成绩。当时，鄂豫边区根据地人民这样传颂她："陈大姐一到，老百姓开门睡觉。"日寇汉奸和国民党顽固派则这样形容她："身骑战马，双手开枪，要打你的眼睛，不会错打鼻梁。"陈少敏被称为"女将军"，鄂豫边区生产一种"女将军"牌的香烟，封面就是陈少敏骑马举枪的英姿形象。

1941年，鄂豫边区为冲破敌伪封锁，遵照党中央"丰衣足食"的指示，一边同敌人作战，一边开展生产运动。这年秋天，边区党委机关各单位都积极开荒种地。陈少敏和身边的勤杂人员为一个组，在她的亲自领导下，找了一块两亩左右的荒地，准备种麦子。开荒那天，陈少敏来到了地里。警卫员说："首长您这么忙，种地的事就不要再操心了，我们一定能干好。"陈少敏爽朗地笑道："我可不是来参观的，是来劳动的。"说着就顺手拿起一把锄头挖地角。第二年收麦季节，打下了将近400斤的麦子，全部交给了总务处充公。冬天来了，陈少敏召集勤杂人员说："今年咱们要利用后山的那座旧窑，准备上山伐树，自己动手烧炭。"有两个下午，陈少敏亲自和大家一块上山拉锯砍树。最后，烧了两窑炭，有1000多斤。一天下午，陈少敏叫大家把炭送给组织部、宣传部、民运部等各个单位去。警卫员说："首长，我想留点好的下来咱们用。"陈少敏说："整炭、碎炭各家一律平均搭配。"警卫员有点想不通。陈少敏耐心引导说："不管做什么事，都要为整体着想，不要光顾自己的小圈子……有福同享嘛！"陈少敏同机关的同志们一样省吃俭用，共渡难关，从不搞特殊。一般早晨由勤务员熬点放有几个红枣的江米稀饭，中午和晚上都是在大伙房就餐。为了节约，她经常让警卫员到山上或河沟去挖葛花、野芹菜给她炒炒下饭及当“夜餐”。当时油很少，吃起来一股苦青味，难以下咽。看到首长天天这样忙，还和大家一样吃苦，警卫员很不忍心，就背着首长到司务长那里要了点油。陈少敏知道后，责问警卫员：“你为什么到伙房随便要东西？”警卫员回答说：“首长这么忙，生活又太差，我担心时间长了会把您的身体拖垮，就向司务长要了点油，好炒野菜时用。”她严肃地批评警卫员说：“这不行，我为什么特殊？伙房的油是供应大家的，占大家的便宜，你想想对不对？我们要经常为同志们着想，为人民大众着想，不要为自己，你马上把油送到伙房去。”警卫员只好把油送回了伙房。

1943年1月，为了加强豫鄂边区“一元化”领导，根据中共中央的指示，李先念任豫鄂边区党委书记，陈少敏改任边区党委副书记。陈少敏不计较自己职位的高低，积极同边区党委其他成员一起联名致电中央，建议中央坚持已做出的决定，不要再更改，并说李先念又宽大又富有民主精神，边区任何其他人都不及。

1945年10月30日，新的中共中央中原局正式成立，由郑位三任代理书记，李先念、陈少敏（兼组织部长）、王震、王首道为常委。1946年6月，陈少敏随中原解放军北路军突围，后辗转到达延安。

新中国成立后，陈少敏从事工会工作，任全国总工会副主席，中共第八届中央委员。1962年，陈少敏到老革命根据地搞调查研究。在一个山区小镇，她向一位正在做买卖的老大爷打招呼。那老人抬头认出是陈少敏，情不自禁地高声喊道：“陈大姐来了！陈大姐来了！”周围的群众一下子向陈少敏的身边拥来。随从人员怕不安全，想把大家挡住，她连忙制止说：“别挡了，我就是来看大家的，等会儿还要和大家一起开个座谈会呢。”后来，她对随行人员说：“过去我们与群众同甘共苦，亲密无间，我们就战胜了敌人，今天我当了中央委员，为什么要同群众分开呢？”

1968年10月31日，在中共八届十二中全会上，在以举手表决方式通过“把刘少奇永远开除出党、撤销其党内外一切职务”的决议时，陈少敏没有举起手。散会后，康生质问陈少敏：“开除刘少奇的党籍，你为什么不举手？”陈少敏回答：“这是我的权利！”

1969年10月，林彪借所谓“战备疏散”，把大批老干部赶出北京，将陈少敏遣送到河南省信阳罗山“五七干校”劳动改造。陈少敏患有风湿性心脏病，且因脑溢血留下了半身不遂，只能靠轮椅行动。出发时，由别人抬上火车。1971年“九一三”事件发生后，林彪反革命集团垮台，陈少敏得以回北京治病。

1977年12月14日，陈少敏在北京医院病逝。

干革命就要实事求是

郑位三

郑位三，湖北省红安县人，是创建和坚持鄂豫皖根据地的重要领导人之一，有深厚的马列主义理论修养。他总是按照实事求是的原则处理身边的人和事。

1943年11月，郑位三受中共中央、华中局的派遣来到豫鄂边区抗日根据地。郑位三是李先念的老上级，在边区，人们都尊称他为“位老”。但是，郑位三这次是带着中央对新四军第五师和豫鄂边区的某些误解，做审查而来的。1943年4月3日，中共中央发布《关于继续开展整风运动的决定》，要求纠正干部中非无产阶级思想与肃清党内暗藏的反革命分子，这无疑是正确的。但当时中央社会部长康生提供了某些领导层干部不可信任的错误情报，同时在延安掀起“抢救运动”，用“逼供信”手段制造了“特务”张克勤冤假错案，进而诬指河南、湖北、甘肃、陕西、四川等省党组织，是打着红旗反红旗的所谓“红旗党”。而新四军第五师和豫鄂边区正是由河南、湖北党组织领导创建发展起来的，不少干部又来自于两个省的党组织，这就使边区和五师党组织不能不在一定时期、一定程度上蒙上了阴影。

郑位三本着实事求是的精神，多方了解情况，特别是从以下几个主要方面开展工作：第一，充分肯定成绩，鼓舞斗志。1943年11月24日，郑位三在边区党政军民机关召开的欢迎大会上就开门见山地说："华中局、军部的首长派我作代表给五师一个奖励。这有两个意思，一个是五师的同志在整个新四军、整个华中发展工作是占第一位的；二是边区和五师在整个华中八九个单位中独立工作的精神是顶好的。"第二，坚决维护和支持原有的领导班子，继续发挥他们的领导作用。中央先后两次决定郑位三任豫鄂边区党委书记兼五师政委，可是郑位三没有公布中央的任命，而是坚决维护和支持现有的领导班子，称赞"李先念领导的第五师团结得好。"第三，正确领导整风、审干工作，保护了大批干部。尽管延安发来康生的一些"内供"材料等，但边区的整风、审干工作在郑位三的领导下排除了这些干扰，没有搞"逼供信"和扩大化，没有伤害同志。第四，认真清查机要工作队伍，澄清事实。郑位三反复审查，始终未发现有"奸细打入五师机要科内部"的事实。

经过郑位三的多方调查了解，摸清了情况，向华中局、新四军军部和党中央反映、报告了关于五师、边区的情况，终于消除了某些误解。

1946年6月，中原突围前，国民党30万军队包围中原解放军，环境非常艰苦。中原局为了保存革命力量，动员了一大批不能随军突围的同志就地复员、隐蔽。正确地解决这一批同志的党籍问题，不仅关系到他们个人的政治生命，而且对革命事业也将产生深远的影响。1950年，根据中南局的指示，湖北省委和黄冈、荆州、孝感等地委分别举办了干部学校或干部培训班，负责接受和审查在中原突围时复员、隐蔽和掉队的同志。经过审查，绝大多数人作了结论，分配了工作，有一部分人由于问题严重，作清洗和复员处理。当时对这些同志的审查工作是认真负责的，多数人的结论和处理是符合当时中央政策规定的。但是，由于当时条件的限制，有些工作做得不够细致，对有些同志的问题考虑当时的历史背景和具体分析不够，定性处理偏严了些，有的该恢复党籍的没有恢复党籍。

1956年肃反审干时，这些同志都说，他们当时是根据中原局的决定复员、隐蔽的，失掉组织关系不是他们个人的责任。后来有的同志直接找当时任中原局书记的郑位三和中原局组织部长陈少敏，请他们证明当时情况。郑位三听到此事后，当即表态："好，这件事我们负责，要开除党籍是我们两人（指郑位三和陈少敏——引者注）的事。"郑位三和陈少敏两人联名向中央组织部写了一封信，要求党中央按照当时中原局的决定解决这批同志的党籍问题。

信的全文是：

中央组织部：

一九四六年的中原突围前，情况已经很紧急，大批地方工作干部不能随军行动，为了保存力量，我们当时曾作出如下决定：

一、尽可能利用社会关系化装去其他解放区；

二、不能化装去的尽量利用社会关系隐蔽；

三、如果为敌人发现在无法隐蔽的情况下，可以新四军战士或以农会会员的面目向敌人自首，只要不暴露党员身份，不以党员面目自首，以后归队不以自首论；如果以党员身份自首则当别论。这是在特殊困难的情况下作出的决定，如果这个决定错了由我们负责。现在，在湖北的干部中有这种以群众面目自首的人的党籍问题尚未解决，我们的意见是应该按照当时的组织决定办事，承认他们的党籍。

上述意见请予审核，并请转致中共湖北省委。

郑位三　陈少敏

一九五七年　五月二十九日

同年6月6日，中央组织部将这封信转给湖北省委。湖北省委根据这封信的精神，妥善地解决了中原突围时复员、隐蔽和掉队人员的党籍问题，充分调动了这批同志的革命积极性。在"文化大革命"中，有些同志在"抓叛徒"时又挨整，定性处理又升了级。郑位三、陈少敏也被大会小会批斗，说他们向中央组织部写信是为叛徒辩护，充当保护伞，宣扬叛徒哲学等等。郑位三宁愿自己受精神污辱和肉体折磨，也不牵连别人，始终坚持当时中原局的集体决定是在特殊环境下做出的，没有什么错误。

郑位三就是这样：刚正无私，敢于担当，实事求是，坚持真理，他的事迹一直为大别山人民所传扬。

新四军五师的左膀右臂

任质斌

李先念曾说，新四军第五师没有任质斌，那我遇到的困难就大多了，队伍就不会发展那么快，那么顺利。李先念在晚年时几次提出，要写一篇文章，把任质斌对新四军第五师和中原军区的历史贡献反映出来，并要在有生之年能够看到。

任质斌，山东即墨人，1915年生，1932年参加革命，1934年加入中国共产党，曾任中央苏区反帝拥苏总同盟代主席，《红色中华》报社秘书长，参加了中央苏区反“围剿”和长征。1938年8月，他到延安马列学院学习，虽然和李先念同在一个学校，但并不认识。1939年5月，中央调任质斌到中原局工作。

1941年4月，豫鄂边区抗日武装整编为新四军第五师，李先念任师长兼政委，任质斌任政治部主任。不久，任质斌任代理政委，后又长期担任副政委兼政治部主任。两人之间的职务关系不时有一些变化，有时任质斌有最后的决定权，但大部分时间任质斌是作为李先念的副手。任质斌始终全力支持李先念的工作。

新四军第五师成立后，李先念、任质斌和陈少敏等一起，领导豫鄂边区的党和部队，使五师和豫鄂边区有了很大的发展。五师这支长期和其他根据地不接壤、孤悬中原敌后、处于日伪顽重重夹击中的部队，在几年时间里，由最初的几支零散小队伍，发展为拥有5万正规军和30万地方武装与民兵的大部队，活动在鄂豫皖湘赣5个省的51个县，形成了对武汉的战略包围态势，解放了9万平方公里的国土和1300多万人口，建立了8个专区和11个中心县、66个党政军组织齐全的县级抗日民主政权，成为中共7个独立大战略区之一。

豫鄂边区所处的艰难险恶的斗争环境，决定了必须实行坚强有力的统一领导。在这一点上，李先念和任质斌认识统一，行动一致，同破坏统一领导的不良倾向作坚决的斗争。特别是任质斌，表现出了顾大局、识大体、胸怀宽广、立场坚定的崇高品质。

在豫鄂挺进纵队期间，有一个团政委在进军大小悟山时，不听指挥，在敌人强攻时，未请示报告，擅自撤走部队，致使敌人打到李先念的指挥阵地前，几乎使李先念遇险。事后，这个团政委还四处找人谈话，散布不利于团结的话，并以都是一方面军来的为幌子，找任质斌谈话，企图搞宗派小团体，受到任质斌的严厉驳斥。

这件事情发生后，李先念感到很为难，因为这涉及原红一、红四两个方面军的同志间的关系。如果李先念出面来解决这个问题，怕造成一方面军的同志对四方面军的误会。在这种情况下，为了维护部队的统一领导，制止分裂，任质斌主动站了出来，找到边区党委书记陈少敏、政治部副主任王翰商量后，对李先念说，这件事由我们几个人出面说话，处理这个问题。因为任质斌既是一方面军来的，又代理军政委员会书记和纵队政委，说话有分量。

任质斌与新四军五师战士一起在行军途中

为此，任质斌两次主持召开了整顿思想作风和军事纪律的干部会议，在会上作了反对不良倾向问题的专题讲话。讲话中，任质斌不仅把那个政委的问题和盘托出，并且有针对性地进行了严厉批评。会后，做出了严肃的组织处理。

这件事的解决，有力地维护了部队的统一领导和统一指挥，增进了团结，对新四军豫鄂挺进纵队及以后的五师开创政治工作的新局面，加强党对部队的绝对领导，起到了很大的作用。李先念后来说："这是一个大统一。处在敌顽夹击中，只有统一才有生存、发展的可能。"在这以后的时间里，五师再没有出现过类似的问题。

为了维护统一领导，李先念、任质斌把个人的名利放在一边。李先念考虑到任质斌对部队建设做出的突出贡献，主动向中央提出自己不兼任五师政委，由任质斌来担任。而任质斌在担任五师代理政委一年多后，根据当时斗争形势的需要，为了加强"一元化"领导，不计较职位的高低，一切为了党的事业，一切为了战争的胜利，积极向中央建议强化边区党政军的领导，再三提出自己不再担任代理政委，仍由李先念兼任政委。

任质斌在给上级的报告中表示，在考虑这个问题时，先不要将如何安排我的职位问题考虑在内，我以最诚恳态度表明，只要这个问题能解决，个人的职位问题怎么都好。

中央同意了任质斌的意见，任命任质斌为五师副政委兼政治部主任，协助李先念工作。同时任命李先念为豫鄂边区党委书记，陈少敏改任边区党委副书记。接到中央通知后，任质斌同边区党委其他成员一起联名致电中央，建议中央坚持已做出的决定，不要再更改，并说李先念又宽大又富有民主精神，边区任何其他人都不及。

任质斌表现出了对党和人民事业高度负责的精神和可贵的高风亮节。自此，豫鄂边区形成了以李先念、任质斌、陈少敏为主的领导集体。《李先念传》一书这样评价李先念、任质斌之间的关系："他们虽然来自被敌人长期分割的红一、四两个方面军，但有个共同的特点，就是顾大局，讲团结，搞五湖四海，从来不搞山头主义、宗派主义。任质斌的优良品质和出众才华，深为李先念赏识。凡属重大决策和行动，李先念都要同他商量；两人坦诚相处，配合默契，关系非常融洽。"

敢于直面错误的沈泽民

沈泽民

沈泽民，浙江省桐乡人，我国著名文学家沈雁冰（茅盾）之弟，中国共产党早期杰出的党员之一，五四运动影响下涌现出来的新文化战士。

1931年3月，沈泽民受党中央的派遣，到鄂豫皖革命根据地工作，任中共中央鄂豫皖分局常委、鄂豫皖省委书记。

1932年6月，蒋介石调集24个师又6个旅约30万大军，对鄂豫皖革命根据地进行第四次“围剿”。张国焘等鄂豫皖中央分局主要领导人推行以王明为代表的“左”倾冒险主义一系列政策，提出国民党军队已成为“偏师”、红军力量已超过敌人、现在转到与敌人实行决胜负战争的时候了，完全脱离客观实际。作为鄂豫皖省委书记的沈泽民，也头脑发热，盲目轻敌。1932年2月17日，鄂豫皖省委做出《关于目前形势和党的紧急任务》的决议。其中认为“在进攻苏区与红军的战场上主要的火线将由帝国主义者所直接担负，而国民党的洛阳政府和其他军阀政府只担任偏师的任务。”由于鄂豫皖中央分局和省委对于国内政治形势和敌我力量的错误估计，无视严重“围剿”即将到来的事实，毫不进行必要的准备，实行“不停顿的进攻”，最终红四方面军未能打破敌人的第四次“围剿”。

1932年10月，红四方面军主力战略转移后，沈泽民留下来仍担任鄂豫皖省委书记，继续领导根据地军民坚持斗争。当时有人力劝病情严重、经常吐血的沈泽民离开苏区，沈泽民说："我的岗位是和红军一起保卫鄂豫皖苏区。"

1932年11月29日，沈泽民在红安县檀树岗主持召开最高军事干部会议，决定重建红二十五军。次日，省委宣布新的红二十五军组成，军长吴焕先，政委王平章，全军约7000人。红二十五军组建后，连续取得了郭家河、潘家河、杨泗寨等战斗的胜利。

1933年3月，郭家河战斗胜利后，省委号召根据地广大军民"起来，趁热打铁的起来！""夺回中心城市"，"首先夺回七里坪、红安县、新集、宣化店"，"恢复整个苏区"。4月14日，省委又发布通告，指出"从郭家河胜利以来开始了鄂豫皖的苏区反'包剿'斗争的反攻时期"，并规定反攻时期的四大任务："(一)完全消灭鄂豫皖苏区内部一切匪军民团。(二)夺回新集、七里坪、红安县、宣化店、商城、金家寨一切城市。(三)收复整片苏区鄂豫皖和扩大新苏区。(四)拿鄂豫皖苏区积极反攻和反攻胜利来多牵制敌人的兵力，帮助中央苏区。"恰在这时，省委收到《中共中央致鄂豫皖省委的军事指令》，其中规定红二十五军的"反攻计划"是:第一步"应当以消灭七里坪敌人力量和夺取与巩固这个地点为第一任务"，此后去夺取河口、红安；第二步"夺取新集"和"光山与麻城间的重要道路的中间地段"，并"准备把红安与麻城东北的苏区和商城以南的苏区（赤南）联系起来。"据此，省委贸然决定用围困的办法把敌人逼走或调出据点歼灭之，夺回七里坪。红二十五军围攻七里坪，并在七里坪外围同防御之敌进行了旷日持久的消耗战。七里坪战役遭到惨败，红军损失惨重，被迫转移阵地。沈泽民开始意识到问题的严重性。在给中央的报告中，沈泽民认为围攻七里坪的失败，"是机械地执行了中央军事指令"，是由于"力量相差太远"和"粮食困难"。

1933年10月2日拂晓，红二十五军从皖西北向鄂东北转移途中，由黄土岗与四道河之间，强行穿越潢（川）麻（城）公路。敌军以猛烈火力阻击红军。沈泽民和吴焕先军长率2000余人通过后，徐海东副军长及后续部队因敌军的夹击被截断在路东。从此，红二十五军被分割于鄂东北和皖西北两个地区。过了潢麻公路以后，沈泽民坐在路边的一块石头上，说什么也不肯走了，非要在那里等徐海东，并痛心地对吴焕先等人说："现在看来，我们根本就不该到皖西去。如果不去皖西，哪里能造成这等损失，落到如此困难的地步？作为省委书记，这个责任应该由我来负！""现在不是讨论谁负责任的问题，我们不能在此久等，应该争取时间赶快转移，否则这2000多人也会被敌人包围！"吴焕先见沈泽民不肯动身，心里非常着急，连忙赶来劝他。但是，无论吴焕先怎样劝说，沈泽民就是不动身。吴焕先急了，命令警卫员和他一起，强行将沈泽民抱上担架，让几个战士抬上就走。

最后，沈泽民随部队转移至红安县紫云寨，并在那里主持召开省委第三次扩大会议，准备全面检查斗争方针。由于敌情紧急，会议只开一天半就匆忙结束。会后，由沈泽民执笔，在作战和行军中给中央写报告，总结经验教训，检查斗争方针。报告长达13000多字，于11月10日经省委常委会通过。报告包括七里坪之围以后的几次作战行动、根据地军民的艰难处境、党的组织工作、群众工作、红军补给等方面的问题。在报告中，沈泽民沉痛地检讨说：在郭家河、潘家河之战轰轰烈烈的胜利之后，到现在弄得如此局面，完全是过去错误造成的，是党的路线脱离了群众造成的，是由于我们自己的路线差误与实际工作中的拙劣，逐步削弱到如此情形造成的。痛心疾首的沈泽民自责自己"实在是一个书生"，决心"洗心革面，从新做起"，"今后唯有万死的决心来转变"。

报告提出今后的斗争方针是：红军既事实上不能担负巩固一方苏区的任务，只能及时采取游击方式来牵制敌人、消灭敌人，以恢复和巩固苏区；各游击队联合红军深入到敌人占领区域去活动，夺取物资，杀反动，骚扰敌人，同时宣传与组织群众和建立秘密工作；要建立白旗下的群众工作与秘密组织工作，首先最有效的还是发展便衣队的组织，并发展党与团的秘密的组织和建立交通、侦探等网的组织。

鄂豫皖革命纪念馆景观陈列——沈泽民

这个报告，虽然没有充分认识到错误的根本性质及其真正根源，斗争方针的转变也只是初步的，但是，沈泽民能够勇敢地正视现实，承认错误，决心改变，提出比较正确的方针，这在当时“左”倾路线还在全党占统治地位的情况下，已是非常难能可贵的了。同时，这也成为红二十五军从挫折走向胜利的重要转折点。

沈泽民在红四方面军主力转移后，率领省委一班人面对严峻的形势，没有退缩，苦撑局面，虽有过失误，但对革命无限忠诚，实事求是，知错即改。写完报告后的第10天，即1933年11月20日，沈泽民抱憾离世，时年33岁。

高敬亭智斗“太湖野猪队”

在鄂豫皖革命纪念馆展厅里陈列的有一把制作考究的德国进口手枪，这把枪是红二十八军政委高敬亭曾经使用过的驳壳枪，至今仍铮铮发亮。

在主力红军长征后，高敬亭领导红二十八军与鄂豫皖边区各级党组织和人民群众，在异常困难的环境中艰苦奋战，胜利地坚持了三年游击战争，保存了鄂豫皖根据地的革命火种，发展了一批党的武装力量，为坚持大别山革命斗争做出了重大贡献，在中国革命历史上具有非常重要的地位。

这把驳壳枪保存得非常完整，有制作精良、携带方便、射速快、可连发等优势。当年，高敬亭就是使用它，一手横扫，左转90度，一打一大片，立下赫赫战功，所以深受高敬亭的喜爱。至今在太湖县，在人民群众中还流传着高敬亭手握驳壳枪，带领便衣队，不费一枪一弹，智取太湖野猪队的故事。

1936年秋，高敬亭为了能使“大别山红旗不倒”的方针得以施行，他坚持走群众路线，用人民战争来打破敌军的围困，遂率领红二十八军便衣队特务营来到太湖县，当即就接到侦查员的

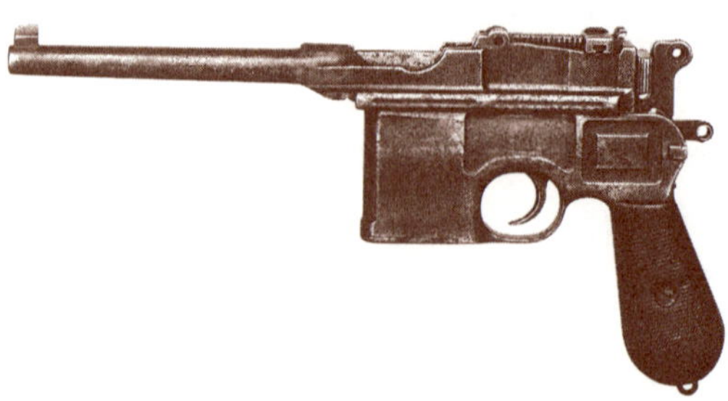

陈列于鄂豫皖革命纪念馆——高敬亭使用过的驳壳枪

报告，说当地有一支国民党的地方武装，自称太湖野猪队，有150人，武器多为步枪，枪法熟练，跑三步能打两枪，而且还得到了潜山县兵团的支援。因野猪队在当地烧杀抢掠、无恶不作，群众苦不堪言，纷纷要求高敬亭除害。高敬亭觉得此举既可杀杀国民党的威风，又能使便衣队的群众路线得以实施，当即和特务营营长林维先研究决定，一定要消灭这支恶贯满盈的土匪武装，并且决定智取。

高敬亭命令活动在潜山地区的便衣队，通过地下党设法搞到了国民党驻汤池11路军的官方印模，找人仿制了一枚大印，并让何耀榜以11路军的口气写了一封信，盖上大印，然后派两名侦查员化装成国民党的机要人员，将信送给驻扎在铁炉河的野猪队队长。送完信后，高敬亭立即带领特务营化妆成国民党的队伍，他身穿国民党中将服装，外着披风，眼戴墨镜，手提文明棍，腰间的驳壳枪擦得锃亮，身后簇拥着特务营化妆的副官、参谋、警卫，大摇大摆地直奔野猪队的驻地。野猪队不问真假，只为讨好上司，急忙集合队伍，迎接长官训话，趁此机会便衣队立即在四周埋伏起来。

高敬亭

野猪队集合后，“军长”高敬亭开始训话：“你们部队现在这个样子很不正规啊，高的高，低的低，骑着骆驼赶着鸡，我们今天来，就是要把你们改编成正规部队，将你们队长提升为营长，并给你们发新式装备，每月发军饷，统一服装。我命令你们重新整编排队，武器先放一边。”

野猪队上至队长，下至队员，受到了国军的恩宠，个个俯首帖耳，恭敬之极，丝毫未有戒心，顺从地将武器分类整齐地放在操场边上，队伍也按高矮排开。一见野猪队建制全打乱，武器又不在手中，高敬亭立马掏出驳壳枪抵住野猪队队长的脑袋，其余便衣队员也一起子弹上膛，刀出鞘，对准野猪队高喊："我们是红军，不准动，谁动打死谁"。野猪队只能乖乖束手就擒，这样我军不费一枪一弹，俘虏了敌兵150余名，缴枪100多支，为太湖县人民除了一大害。野猪队被消灭后，人民群众奔走相告，年轻小伙子纷纷加入红军。自此，便衣队特务营像蛟龙入海一样活跃在大别山上。

便衣队是鄂豫皖边区党组织和红军在三年游击战争中的一大创举。它不仅是边区党组织和红军坚持游击战争的一支战略铁拳，而且，也为以后我党我军在开辟抗日根据地和解放区的斗争提供了可资借鉴的宝贵经验。

这把驳壳枪为高敬亭屡建奇功，高敬亭也把它当作贴身的护身符一样随身携带。高敬亭带领着大别山人民群众克服重重困难，夺取了三年游击战争的伟大胜利，写下了辉煌的历史篇章。

共产党人的好榜样

彭雪枫

彭雪枫(1907—1944),出生于河南省镇平县一个贫苦农民家庭。1938年9月领导组建新四军游击支队,不久率部挺进豫东,领导开辟豫皖苏抗日根据地。1939年10月任中共豫皖苏边区党委书记,11月任新四军第6支队司令员兼政治委员。1940年7月任八路军第4纵队司令员。1941年皖南事变后,任新四军第4师师长。1942年任淮北军区司令员。1944年9月11日在河南夏邑东八里战斗中不幸牺牲,时年37岁。

亲人部下 共话当年

"'大哥'不仅是我们兄弟姊妹对彭雪枫的尊称,也是他的部下对他的尊称。'大哥'是抗战中牺牲的新四军最高将领。"彭修朝和彭德兰说起"大哥",显得很光荣。"彭师长是一位民族英雄,又是模范共产党员。在干部和群众心目中,彭师长是一位文武双全、智勇兼备的政治家和军事家。他那高尚的品德、纯洁的党性、严谨的作风,感染了一个时代的人。"刘学田说。

刘学田今年75岁，退休前任镇平县县志办主任。他说，彭师长作战英勇，每次战斗都身先士卒，靠前指挥。彭师长为民族独立和人民解放战死在沙场。彭雪枫纪念馆副馆长魏晓瑞告诉记者，新中国成立后，在彭雪枫的家乡河南南阳镇平县，专门修建了彭雪枫纪念馆。1994年在诺曼底登陆50周年之际，英国女皇批准将“威尔克圣宝剑”转赠给彭雪枫陵园，以纪念他在世界反法西斯战争中为民族解放做出的卓越贡献。1988年中央军委确定彭雪枫为共和国33位军事家之一。

少小贫苦　历经磨砺

彭雪枫出生于镇平县一个贫苦农民家里。家庭的贫困和当时中国“散兵土匪交会之所，贪污土劣竞胜之场”的悲惨境地，造就了他强烈的爱国思想，磨炼了他不畏强暴、勇于反抗的优秀品质。1918年，开始在镇平县高等小学读书，因经济困窘，1922年秋小学毕业即被迫失学。他背井离乡，投奔远在天津教书的伯父彭延庆，开始在南开中学读书。1923年，幸获当时在冯玉祥部任职的族叔彭禹廷的钟爱，每月供给他三元五角钱的饭费，才得以离津赴京，就读于陆军第十六混成旅军官子弟学校。他一面放哨，一面偷偷读书。1925年6月加入中国共产主义青年团，1926年9月转入中国共产党。在中央红军进行的历次战斗中，他无役不从，每次都披坚执锐，身先士卒，且多次担任先锋部队的指挥员。1936年秋被派往太原等地，做团结各界爱国人士、联合阎锡山抗日的统一战线工作。

出师敌后　豫东告捷

1938年6月，彭雪枫受党中央之命，于年初由山西临汾来到了河南省确山县的竹沟镇，从各方面积极地展开建立抗日武装和挺进豫东敌后的准备工作。彭雪枫到达竹沟后，在当时驻武汉的周恩来副主席和河南省委的直接领导下，参加筹划中原敌后的抗日工作。他在几个月的时间里，就把军事工作和统战工作轰轰烈烈地开展起来。

遵照中央指示，彭雪枫将竹沟八团留守处重新进行编组。9月30日，新四军游击支队在彭雪枫的率领下，踏上了向敌后进军的征途。进抵窦楼时，驻淮阳东北戴集的日军骑兵突然发动进攻。彭雪枫镇定自若地指挥部队分三路向敌人迂回包围，敌见势不妙，乘马拖尸狼狈逃窜，指挥官林津少尉被击毙。

11月24日，游击支队一夜行军百余里，突然进入杞县，到达板木集，出敌意料地接连突袭杞县邢口、姜楼、大魏店、祁楼等据点，消灭敌人一部，缴获长短枪数百支。同时，又挥师袭击了盘踞在睢县西陵寺的伪军马培善部，并在睢县西北于厢铺地区全歼第一区伪军300余人。

挥师东进　艰难创业

1939年元旦，日军突然占领了鹿邑城，另一部敌人数千人向亳县进犯，并把触角伸到了亳县以北的芦家庙。彭雪枫当机立断，命令滕海清率二大队三个连，主动出击，一举攻克芦家庙，将敌先头部队伪豫东"剿共"军第一支队崔华山部500余人全部消灭，迫使进犯鹿邑之敌仓皇撤回商丘。张爱萍带领一部分干部，也在这里加强原西北军退伍军官、国民党鹿邑县县长魏凤楼的工作，建立了十分融洽的统战关系。

1941年1月6日，国民党顽固派制造了皖南事变。14日中央电令："苏北、山东迅即准备，待命歼灭韩德勤、沈宏烈，华北各部须遵前令，提前准备机动部队，准备对付最严重的事变。"1941年1月20日，中央军委宣布新四军领导干部的任务，八路军第四纵队改编为新四军第四师，彭雪枫同志任师长兼政委。从1938年10月到1941年4月，在两年半时间里，彭雪枫同其他领导同志一起，经过艰苦努力和无数次的战斗，在豫东皖北的敌人后方，拯救了人民，收复了失地，创建了豫皖苏边区抗日民主根据地。

赤胆忠心　英勇殉国

彭雪枫决定成立一个骑兵团。他率先把自己的骏马送去，并号召各级干部，把自己的坐骑也送去。骑兵团终于成立了。

1941年11月中旬，日军在“扫荡”山东根据地后，又将矛头转向我淮北抗日根据地。为了粉碎顽固派东西对进、合击我军之计划，经军部批准，由彭雪枫师长和邓子恢政委统一指挥四师及二师、三师各一部，于3月17日发起对山子头的攻击，经一夜激战，于18日上午结束战斗。此役全歼顽军韩德勤总指挥部及独立第六旅、保安第三纵队全部，生俘韩德勤以下官兵千余人，击毙专员王光夏、旅长李仲寰以下数百人，吓得已经越过津浦路妄图夹击我军的王仲廉会同八十九军仓皇窜回路西。

1944年春，日本侵略军大举进攻河南。夏邑和永城之间的八里庄，为土顽二十八支队李光明部所驻守。李匪早就勾结敌伪，作恶多端，为根据地人民所切齿痛恨。我军西进以来，他为了阻止我军前进，重新修筑了围寨和碉堡，加固了防御设施。为了消灭该敌，拔除这个毒瘤，打好这关键性一仗，彭雪枫在战前做了周密部署，并亲自做了动员。9月10日夜，主攻部队二十五团将八里庄包围，在炮火和机枪火力掩护下，迅速突入圩寨，将大圩子全部占领，残敌窜入小圩顽抗。拂晓时守敌突围，被我预伏之骑兵团将敌全部消灭在八里庄和小楼子之间的开阔地带内。司令李光明被俘虏。此时，彭雪枫师长站在围寨上观察与指挥战斗，突然被流弹击中，壮烈牺牲，年仅37岁。

1945年2月，延安举行彭雪枫追悼大会，毛泽东、朱德、刘少奇、彭德怀等参加了追悼会。中国共产党中央委员会的挽联是：为民族，为群众，二十年奋斗出生入死，功垂祖国；打日本，打汉奸，千百万同胞自由平等，泽被长淮。

毛泽东、朱德、刘少奇、彭德怀、陈毅共挽的挽联是：二十年艰难事业，即将彻底完成，忍看功绩辉煌，英名永在，一世忠贞，是共产党人好榜样；千万里破碎河山，正待从头收拾，孰料血花飞溅，为国牺牲，满腔悲愤，为中华民族悼英雄。

（本文摘自2014年9月28日新浪网——新浪河南，有删节）

天上有多少星，地上就有多少共产党

詹谷堂是豫东南革命根据地党和红军的创始人之一，也是中国革命文学的先驱蒋光慈的启蒙老师。

詹谷堂，1883年出生在河南省商城县南溪镇（今属安徽省金寨县）葛藤山下獐子岩村的一个乡村教师兼农民家庭，兄弟姐妹6人，詹谷堂排行第四，全家人依靠父亲教书和种几亩薄田度日。14岁以前，詹谷堂一直在家放牛、砍柴。受父亲的影响，他正直、好学、有同情心。有一年除夕，农民王国柱因交不起租子，被地主拖到河里灌冷水。詹谷堂见状，严词斥责地主的残忍，把家中仅有的十串钱拿来为王国柱交了租。14岁起，他开始读书。6年后和他哥哥一起参加考试，两人同榜中了秀才。

詹谷堂画像

1905年，詹谷堂设馆教书，招收女学生，穷人子弟免费入学。以后，他又多次被聘去富人家教书。在固始县吴状元家教书时，因在学生作文上作了“庶民救国”的眉批，遭到反对，他便毅然辞职，宁愿在家干农活，也不再应聘。他在田里干活时，有人问他：“詹四先生，你是读书人，还干活吗？”他回答：“我怎不能干活呢？人活着就要劳动。”

1914年的秋天，詹谷堂应聘到固始县志成小学任教。这是一所全日制公立学校，进步人士较多，学生大都年长。蒋光慈就是在这时接受詹谷堂教育、启蒙的。五四运动后，詹谷堂接受新文化思想和马克思主义的熏陶，学校政治空气愈来愈浓。1921年，詹谷堂与另一教员曾静华倡议成立“读书会”，吸收思想进步的师生参加，詹谷堂被推举为主持人。他将从开明绅士林伯襄处借来的《新青年》和一些马列著作传抄本在“读书会”成员中秘密传阅。“读书会”由最初的几人迅速发展至百余人，成为日后建立党团的基础。他在讲授课文时，宣传革命理论与新文化思想。一次讲到军阀混战、人民苦难时，他当即写诗一首：“茫茫四海起战争，苍生何日庆太平？大江一片狂浪起，斩尽妖魔济众生。”之后，詹谷堂又用激扬的语调说：“冷水要挑，热水要烧，有盐同咸，无盐同淡……”在这以后“读书会”的活动，也由过去的秘密活动逐渐公开。

1923年前后，在武汉中学读书并入党的袁汉民，寒暑假期间，经常带些进步书刊回乡，送给姨父詹谷堂看，并在一块学习交流，探究真理。1924年，经袁汉民介绍，詹谷堂加入了中国共产党。宣誓的时候，詹谷堂即兴在黑板上画了一幅仙女飞向人间播种的画，并题诗两句：“漫天撒下革命种，伫看将来爆发时。”

1926年春，詹谷堂回到家乡南溪，以南溪为中心开展活动。他到附近的笔架山甲种农业学校活动，担任明强小学校长，后又在詹氏祠创办商城县第二模范小学，培养积极分子，发展党员，并深入农村，组织农民协会，打土豪，斗劣绅，开展抗租和抗捐斗争。1927年春天，南溪成立农民协会，到会人数达3000多人。

1927年，八七会议精神传到商城，遵照河南省委指示，商城县委决定以商南为重点举行武装起义。商南区委于是在太平庄开会，强调深入发展组织，动员群众，积极做好各方面的准备工作。经过党组织安排，周维炯、漆德玮打入民团搞兵运，詹谷堂深入农村联系群众，开展农运。在詹谷堂的组织和发动下，进行“春荒斗争”

和“均粮斗争”，领导胭脂坳、大埠口、白沙河等地的农民，分了地主的10多万斤粮食。

1929年5月6日，商城起义以兵运与农运相结合同时举行。詹谷堂在南溪领导教师学生和农民群众200余人宣布起义，成立赤卫军。5月7日，丁家埠和汤家汇等地的起义队伍来到南溪，和詹谷堂率领的队伍汇合。詹谷堂主持召开了庆祝大会，并亲笔为庆祝大会写了一副对联，贴在会场两边：

红军初暴动应教普天赤化

政权新建立试看遍地红花

5月9日，起义的各路队伍会师斑竹园，几天后成立了中国工农红军十一军第三十二师。为统一整个赤区的领导工作，成立了临时办事处，詹谷堂当选为主任。

1929年7月中旬，商城县民团团长顾敬之纠集大批匪军向商南进攻，詹谷堂不幸被捕。顾敬之闻讯后，欣喜若狂，说共产党头子抓住了，全部“共匪”快瓦解了。从县城急忙赶至南溪亲自审问：

“你就是詹谷堂吗？”

“既然知道，何必废话！”

“你读圣贤书，为什么要干共产党？”

“为了消灭你们这些吃人的野兽！”

顾敬之气得暴跳如雷，嚎叫道：“打，给我狠狠地打！”一时皮鞭、木棍雨点般落在詹谷堂身上，詹谷堂当即昏死过去。醒来后，顾敬之又问：

“难道你不怕死？”

“我死了没关系，种子已播下，遍地就要开花。”

“你说共产党有多少，在哪里？”

“多得很！天上有多少星，地上就有多少共产党。”

“你说说名字。”

“名字，有一人。”

“谁?”

“詹谷堂!”

敌人的审讯一次次失败,便用各种酷刑摧残他。香火烤、烙铁烙、尿水灌……把詹谷堂折磨得死去活来,并10余次被拉去陪斩。拉走的时候,次次詹谷堂都拼力高喊:共产党万岁!8月14日晚上,詹谷堂又一次被敌人拖去毒打,拖回牢房后,詹谷堂挣扎着,用伤口流出的鲜血在墙上写下了“共产党万岁”5个大字,便壮烈牺牲了。

詹谷堂牺牲的当天晚上,根据地群众冒着生命危险,含泪将烈士的遗体送到家乡葛藤山安葬。

鄂豫皖革命纪念館

第二部分

烽火岁月

攻克新集

鄂豫皖革命根据地是土地革命战争时期中国共产党领导创建的仅次于中央苏区的全国第二大革命根据地，新集（今新县县城）是鄂豫皖苏区首府所在地。它经历了创建与统一、巩固与发展、坚持与保卫等阶段，一直到迎来全国革命的胜利。它鲜明的特点是红旗不倒、革命火种不灭。

1931年1月下旬，红一军在麻城长竹园与新由黄梅、广济转战来的红十五军会师，合编为中国工农红军第四军，由旷继勋、徐向前分别担任正、副军长，下辖两个师，一个独立团，王树声被委任为第十师第三十团的团长。为了打通鄂豫边和商南根据地的路线，红四军决定攻打新集。拿下新集，鄂豫皖边界三块根据地就能连成一片，战略地位可想而知。但新集也是块硬据点，有敌一个团的兵力驻防，盘踞于此的反动武装有数千人。新集自古就是兵家必争之地，可谓是易守难攻。红四军想要首战告捷，恐怕不易。王树声奉命接下了这个艰难而又艰巨的任务。

新集的前沿阵地，红四军已经开始攻城了，战士们视死如归，如潮水般的冲锋，靠着一股不怕死的冲劲，猛打猛冲逼近城墙门下，正当战士们架好云梯准备往上爬的时候，突然间，仿佛看见了城防上的敌军露出了残忍、阴险的笑容，只见檑木、巨石、滚油不停地往下抛来、倾倒，猝不及防的战士们哪见过这样的阵势，纷纷被撞得脑浆迸裂，口吐鲜血而亡，而被滚油沾到的战士也已然面目全非，倒在地上抽搐着。

眼看着红四军死伤一大片，站在身后的王树声不禁打个寒战，立即命令红四军改变策略，不再密集冲锋，而是分散攻击敌军，扛着云梯也是分散架在城楼。这样不但可以分散敌军的注意力，还可以避免更大的伤亡。这一策略果然有效，面对红四军部队四处攻击，而且又有大炮助阵，敌军也只能拉长战线慌忙应付，这样红四军不但有可乘之机，而且完全占据了上风，打的城防上的敌军疲于奔命，损失惨重。

但是眼前这股敌军也不是吃素的，敌指挥官更不是酒囊饭袋。经过一阵慌忙应付之后，他们重整队伍，两人一组分散开来，拿着一桶桶的不知道什么东西洒在云梯上。不好，敌军撒的是汽油，他们是想烧云梯，王树声惊叫。只见敌军瞬间就燃起了火把，汽油一接触到火星就燃烧了起来，而且火势迅猛至极，接触到汽油的战士们很快就被焚烧了起来，从半空中摔下了地，但火势并没有因战士们摔下来而停止燃烧，而是要把整个人烧成灰烬。经不住燃烧的云梯也随之折断下来。王树声果断命令部队停止攻击。没有了云梯的战士们也只能带着恐慌陆续撤回来。

第二天，王树声带着几名警卫来到阵地前沿查看了地形，新集三面环山，东面是潢河，城墙有两丈多高，岩石筑成，易守难攻，要想攻破这城墙，该怎么办呢？王树声作为攻打新集的主力团团长，连日苦思破敌良策，无意间他在村边看小孩把一个鞭炮插入土中爆燃，深受启发。对，用炸药炸。

1931年2月10日下午，战士们立即着手，挖了一条接近城墙60米的坑道，王树声命人找来了一口棺材，命令部队把500多斤的炸药全部塞到棺材里头，然后盖上棺材盖，顺着坑道推到城墙下。

黑夜降临了，随着一声巨响，新集在颤抖，仿佛整个地面都在动摇，由于炸药巨大的冲击力，城墙塌了一截。红军战士犹如潮水般涌进城内，一时之间，城内枪声大作。

攻克新集场景

经过三个小时的肉搏巷战，全歼新集城内的反动武装和土豪劣绅1200余人，缴获枪支1000只，子弹50万发，还缴获了敌军一台大功率的电台。

同年5月至次年1月，中共中央鄂豫皖分局，省委、省苏维埃政府在新集成立，新集成为苏区首府和根据地政治、经济、文化、军事指挥中心。鄂豫皖革命根据地是当时全国地方武装割据建制最为健全的根据地。鼎盛时期，根据地发展到30个县，人口350多万，主力红军发展到4.5万多人，是仅次于中央革命根据地的全国第二大革命根据地。

鄂豫皖“四大战役”的辉煌胜利

红四方面军成立之后，按照鄂豫皖中央分局确定实施“主动进攻、先发制人”的战略方针，在地方武装参战和广大群众的支援下，集中兵力主动出击，连续发起黄安、商潢、苏家埠、潢光四大战役，取得了极其辉煌的战果，从而使鄂豫皖革命根据地达到鼎盛。

黄安战役

1931年11月10日，红四方面军发起黄安战役。此役采取“围点打援”的战术，历时43天，攻克黄安县城，共计歼敌15000余人，活捉敌第六十九师师长赵冠英，缴枪7000余支，迫击炮10门，电台1部。黄安战役的胜利，使鄂豫皖边光山、黄安、麻城、罗山、黄陂、孝感等县红色区域连成一片，根据地中心区更加巩固并向南大为扩展。

11月10日，红四军开始对黄安外围据点展开攻击。至20日，红四军和黄安独立团先后攻占黄安城北东王家、城西下徐家和桃花店、高桥河等据点，歼守军1个团又2个营及地主武装一部，完成了战役第一步任务。22日至23日，红四军第十二师和黄安

黄安战役场景

独立团，连续击退城内守军企图重占桃花店的两次反扑，俘其1000余人。尔后又攻占黄安城东、西两关，迫使守军龟缩城内，固守待援。12月7日至9日，敌第三十师2个旅共4个团自宋埠北援，红四军第十一师以1个团从正面节节阻击，另2个团乘敌进至黄安城南十里铺立足未稳之际，分别从两翼攻击，歼其1个团，余部逃回宋埠。18日至20日，红四方面军集中第十一师和第十、第十二师各1个团于黄安城南嶂山地域，采取两翼迂回与正面突击相结合的战术，击溃由岐亭、宋埠出援的敌第三十三师2个旅、第三十师1个旅共6个团的进攻，毙其1000余人，俘800余人，完成了战役第二步任务。此后，红军转入攻城作战。22日上午，黄安独立团在"列宁号"飞机的支援下，攻占了城东北制高点课子山，歼敌守军1个营大部。22时，红军发起总攻，第十二师1个团从西北角突破城垣，敌守军5000余人仓皇从南门突围，被第十一师1个团和第12师另2个团歼于城西南郊倒水河两岸；敌第六十九师师长赵冠英从西门出逃，23日于途中被赤卫军俘获。至此，历时43天的黄安战役结束，红四方面军共歼国民党军1.5万余人，其中俘敌近万人，缴获各种枪7000余支（挺）、迫击炮10余门、电台1部。黄安战役的胜利，丰富了红军围城打援的作战经验。

红色歌谣：

小小黄安，人人称赞；

铜锣一响，四十八万；

男将打仗，女将送饭。

商潢战役

1932年1月19日，红四方面军发起商（城）潢（川）战役，此役采取分割敌军与围城打援相结合的战术，历时20天，第三次解放商城县城，共计歼敌5000人，缴枪2000余支。商潢战役的胜利，打破了敌人沿商潢公路线苦心经营多年的隔离带，从而使鄂豫皖革命根据地东部与西部连成一片，战后红四军乘胜进击固始县城，攻克沿淮重镇三河尖，根据地向北扩展至淮河。

1月19日，红四军第十一师开始围攻北亚港敌第十二师1个团，歼其一部，并进占以北之十里头。敌第二师为确保与潢川的联系，21日以1个团由傅流店增援。经数日激战，该敌在被歼400余人后进入北亚港，亦陷入包围中。22日，敌第十二师和第二师共3个团，分别由潢川、傅流店出发，南北对进，再次增援北亚港。第十一师在第十师一部配合下将其击溃，并占领北亚港，切断了敌第二师与潢川第十二师的联系。23日，红二十五军第七十三师和红四军第十二、第十师分别由东、西两面向汪家集、杜甫店、双椿树进逼，敌守军第二师和独立第三十三旅惧歼，绕道经潢（川）固（始）大道逃往潢川。26日，第七十三师在第十二师配合下，从西南和东北两面夹击河凤桥、龙头桥，迫使敌守军退回商城，并切断商城与固始间的联系。至此，敌第五十八师在商城陷入了孤立状态。红四方面军见商城敌兵力集中、工事坚固，不利强攻，遂决定采用“围点打援”战法，以第七十三师、第十师一部在赤卫军的配合下包围商城，大造攻城声势，吸引潢川敌军增援；同时以第十师1个团抵近潢川，诱其出援，主力则隐蔽集结于杜甫店地区等待时机。

商潢战役遗址

敌第二十路总指挥张钫率第七十六师会同潢川的第二、第十二师另1个旅，共19个团的兵力，于2月7日分路大举出援商城。右路为第二师、第七十六师，夹商潢公路前进；左路为第十二师及独立第三十三旅，经潢固大道之高店南下。时值大雪弥漫，道路泥泞，敌装备笨重不易展开，红四方面军遂决定集中力量乘敌在运动中实施勇猛的突击，歼其一部，溃其大部。于是，乃调第十二师在杜甫店一带高地抢构阵地，担任正面阻击，调围城的第七十三师于第十二师右侧，置第十、第十一师于第十二师左侧，伺机从两翼对敌实施迂回包抄。2月8日，敌右路军与第十二师在杜甫店地区接触，左路亦向杜甫店以东进逼。第十二师据守阵地顽强阻击，数次与敌展开肉搏，给敌以重大杀伤。第七十三师由东面向敌迂回，歼敌1个团，继遭敌拼死阻击，形成相持。激战至下午，第十、第十一师从左翼迂回成功，包围了敌指挥部，并抢占傅流店渡口。右路敌军见后路被断，顿时混乱，纷纷后退，左路敌军亦形动摇。红军乘势全线展开猛烈反击。9日，红军乘胜追击，直逼潢川近郊。商城敌守军见援兵受挫，弃城南逃麻城。红军遂不战而克商城，缴获野战炮2门。是役，红四方面军共歼国民党军约5000人，缴枪2000余支，进一步巩固和扩大了鄂豫皖苏区。

潢川县江集镇杜甫店因唐代大诗人杜甫到此巡游而得名，立有杜甫全身塑像。1932年2月8日，这里大雪弥漫，道路泥泞。陈赓率红十二师正面阻击敌右路军两个师的进攻。在这场围商城、打援敌的激烈战斗中，徐海东、许世友等红军指战员大显神威，挥舞着大刀在前沿阵地上与敌人展开血刃搏斗，表现了红军一往无前、压倒一切敌人的英雄气概。在商潢战役的关键之战——杜甫店战斗中，红四方面军以10个团击退敌军19个团的轮番进攻，毙、伤、俘敌4000余人，缴枪2000余支，使刚刚投入鄂豫皖战场的蒋介石嫡系第二师一出马即遭歼灭性打击，师长汤恩伯被撤职。1932年3月21日，鄂豫皖中央分局在《致中央政治局信》中报告了红军取得商潢战役胜利的情况，并特别指出“尤以豆腐店（杜甫店）之战与蒋军主力第二师等十九团周旋，为鄂豫皖红军第一次最大最激烈之战争”。

红十二师师长陈赓在日记中写道：“在我担任红十二师师长时，率部转战潢、光、商、固，凡四个月。在潢郊之（北）亚港、双柳、仁和集、杜甫店等地屡歼国民党军队。尤以杜甫店战役，歼国民党第二师，仅红十二师即俘敌数千。”

陈赓（1903—1961），湖南省湘乡县人。1922年2月加入中国共产党，1924年5月考入黄埔军校第一期，1926年9月赴苏联学习军事。1927年8月参加南昌起义，曾在中共中央特科主持情报工作，1931年10月被周恩来派往鄂豫皖苏区，任红十二师师长。1932年2月商潢战役时，陈赓恰好29岁。1932年9月，陈赓在保卫红色首府新县的战斗中右腿膝盖负伤，后辗转上海治伤期间，曾向鲁迅介绍鄂豫皖红军英勇战斗的故事，并画出鄂豫皖苏区示意图（现存上海鲁迅博物馆）。

1932年2月中旬，为纪念红军第三次解放商城县城，遂将商城改名为赤城，并在城内成立了中共豫东南特委（后改为道委）和豫东南道苏维埃政府。

1932年3月上旬，红四军北上包围固始、攻打淮河重镇三河尖。按照红四方面军总指挥徐向前的命令，红十师王宏坤团、十二师一部由十二师师长陈赓指挥，攻打三河尖。红军在固始县独立团和赤卫队的配合下，分别从固始东南黎集和西南瓦庙集出发，在夜幕掩护下，沿史河、灌河向北直奔三河尖。王宏坤前锋团在青泥滩消灭敌一个连，俘虏80多人。在三河尖西南制高点大王庙坝头一带，红军将敌四十五师一个营全部消灭。随后，红军在当地赤卫队的帮助下，将缴获的大批食盐、粮食等物资装上一百多只木船、竹排，沿着史河、灌河逆流而上，运往鄂豫皖苏区腹地。

苏家埠战役

1932年3月21日，红四方面军发起苏家埠战役。此役采取围点打援和调动敌人于运动中加以消灭的战略战术，历时48天，共计歼敌3万余人，俘敌总指挥厉式鼎及5个旅长、12个团长，缴枪1.6万余支，机枪250挺，炮44门，电台5部，还击落敌机1架，取得了

苏家埠战役纪念碑

中国工农红军创建以来的空前胜利。

商潢战役后，鄂豫皖苏区周围的国民党军处于守势。皖西地区国民党军第四十六师等部6个旅共12个团，自六安沿淠河东岸经苏家埠至霍山构成一线防御，并以苏家埠为枢纽，企图阻止红军向东发展。其部署：第四十六师（辖第一三六、第一三七、第一三八旅，每旅2个团）师部率第一三七旅、警备第二旅各1个团及第五十五师第一六三旅驻六安；第一三七旅（欠1个团）驻马家庵；警备第二旅（欠1个团）驻韩摆渡；第一三八旅及第一三六旅（欠1个团）驻苏家埠；第一三六旅另1个团驻青山店；警备第一旅驻霍山。此外，尚有第五十五师（欠1个旅）、第五十七师、第七师等部，分驻合肥、潜山、蚌埠等地，均距六安、霍山较远。3月，红四方面军为求歼灭皖西地区的国民党军，向东扩大苏区，将第四军第十二师留置商城、潢川地区牵制豫东南之敌，率第四军第十、第十一师自固始东进，于20日在独山地区与先期返回皖西的第二十六军第七十三师会合。此时，红四方面军总指挥徐向前、政治委员陈昌浩根据皖西国民党军防区辽阔，兵力薄弱，其淠河一线后方有很大空隙，利于攻歼等情况，决定发起苏家埠战役，并计划以地方武装从西面袭扰、迷惑敌人，红军主力渡过淠河，从侧后分割包围苏家埠、青山店等据点，求歼苏家埠地区的国民党军。

3月21日晚，红四方面军主力3个师在地方武装掩护下，自青山店以西的两河口秘密渡过淠河。22日拂晓，第七十三师和霍山独立团向青山店地区敌守军发起攻击，随即攻占古楼山、刘老庄山，将青山店包围。同日，第十师在芮草凹地区击退自苏家埠出援青山店的国民党军2个团，歼其1个营，余部退回苏家埠，旋即被第十师包围；第十一师向韩摆渡、马家庵逼近，敌守军惧歼，仓皇后撤，第十一师一部尾追至六安城郊。23日，第十、第十一师各1个团在韩摆渡以南地区夹击六安出援苏家埠的国民党军2个团，迫使该两个团分别窜入韩摆渡、苏家埠。至此，被红军分割包围于青山店、韩摆渡、苏家埠据点内的国民党军达6个团。红四方面军总部鉴于苏家埠等据点寨高壕深，工事坚固，强攻不易奏效，决定采取围点打援的战法，吸引六安、霍山守军出援予以各个歼灭。遂调整了部署：以第十师主力围困苏家埠；第十一师1个团和六安独立团围困韩摆渡；第七十三师和霍山独立团继续围困青山店，并相机歼击霍山援兵；第十一师主力置于六安西南平头岗、樊通桥一线占据有利阵地，准备歼击六安援兵；第十师1个团为总预备队。另将六安、霍山两县赤卫军分布于六安、霍山县城附近，开展游击活动，配合红军主力作战。担负围困任务的各部队在当地人民群众的支援下，构筑了环绕苏家埠、韩摆渡、青山店据点的交通壕、盖沟、掩体等工事，迫使敌守军坐待救援。

3月31日，位于六安、霍山的国民党军同时向苏家埠等据点出援，企图解救被围部队。由六安南援的敌第一三六旅等部共4个团，分成前后两个梯队直逼苏家埠地区。其第一梯队2个团，在飞机掩护下，突破第十一师阵地，当进至苏家埠以北凉水井、桂家老坟时，红军第十师1个团和第十一师主力即从东西两面对其实施夹击，歼其1个团，另1个团窜入韩摆渡。其第二梯队见状，仓皇退回六安；由霍山北援的敌警备第一旅进至十里铺时，亦被第七十三师击溃，窜返霍山。与此同时，青山店敌守军1个团在突围途中大部被歼，一部窜入苏家埠。

这时，红四方面军总部鉴于被围困的敌军据点仅剩下苏家埠、韩摆渡，决定以一部兵力紧缩包围圈，开展政治攻势，瓦解守军；以地方武装和赤卫军监视六安、霍山两城守军；集中主力于机动位置，休整待机。同时判断六安、霍山之敌已无力再援，新的援兵可能来自合肥方向，于是在戚家桥、樊通桥以东陡拔河两岸地区勘察地形，制定了打援作战方案，并进行了战场准备。

苏家埠、韩摆渡敌守军被围困月余，粮食极缺，军心动摇，携械投降者日增。在国民党安徽省政府主席陈调元频频告急下，蒋介石于4月下旬任命第七师代师长厉式鼎为皖西“剿共”总指挥，率领第七师5个团、第五十五师4个团、第五十七师2个团，以及新由潢川调来的第十二师2个团，共13个团2万余人，自合肥大举西援，企图再次解救苏家埠、韩摆渡之围。对此，红四方面军总部判断：援兵虽多，但道远师疲，建制杂乱，士气低落；红军兵力虽少，但预有准备，以逸待劳，士气高昂，加之地形有利，又有地方武装和人民群众的配合支援，有将敌援兵歼灭于运动中的可能。遂决定以小部兵力会同赤卫军依托工事继续围困苏家埠、韩摆渡并监视六安敌守军动向；第七十三师立即在樊通桥以东地区占领阵地，正面阻击援敌，并以1个营协同六安独立团进至陡拔河以东地区诱敌西进；第十、第十一师主力分置于第七十三师两翼，伺机实施迂回包围。

5月1日，红军诱敌分队与敌援兵先头部队第七师第十九旅接触，并按预定计划边打边向后撤。2日拂晓，第七十三师乘敌第十九旅渡过陡拔河立足未稳，其后续部队尚在河东之际予以猛烈反击，将其大部歼灭。敌后续部队见先头失利，急忙抢占老牛口、婆山岭高地，企图稳住阵脚。第十、第十一师主力迅速从两翼包抄，切断其退路；第七十三师1个团渡过陡拔河后迅猛插入援敌纵深，一举摧毁其总指挥部，活捉厉式鼎。国民党军10多个团被围于陡拔河东岸，自相践踏乱作一团，红军主力、地方部队及赤卫军乘势发起多路攻击，进行分割围歼。经激战，国民党军2万余援兵除少数漏网外，均被歼灭。苏家埠、韩摆渡敌守军数次突围未成，在外无援兵、内无粮草的情况下，于8日全部缴械投降。战役遂告结束。苏家埠战役是中国工农红军战争史上成功的战例之一。

在苏家埠战役中，红四方面军总指挥徐向前显示了高超的指挥艺术。一是战役部署恰当、周密。他在知己知彼的情况下确定了战役总部署和基本战术原则，即在地方武装和人民群众的支援掩护下，主力全部东渡淠河，从侧后包围苏家埠、韩摆渡和青山店，运用“围点打援”的战术消灭敌人。二是战法明确。他一再强调：围点打援，围点是手段，打援是目的，围点要打持久战，打援要打速决战、歼灭战。三是战役决心大。他说：有大气魄才能打大胜仗，下大决心才能有大胜利。红军围困苏家埠1个月时，蒋介石令其嫡系第七师师长厉式鼎率15个团2万多兵力分两路来解围，张国焘见敌人的兵力比较多，产生了动摇，欲放弃撤出。徐向前据实力争，坚持出奇制胜，终于把此战进行到底，夺取了苏家埠战役的全胜。

苏家埠战役历时48天，六安及周围各县都全力支援红军作战，“要人有人，要粮有粮”；在大量地方武装直接参战的同时，战役所在地六安、霍山两县一方面组织1万多群众奔赴战场，为红军战斗部队进行战地服务，另一方面组织1万多群众从战场外运输粮食、副食品和柴草等，使红军战斗部队始终吃饱吃好、保持旺盛的战斗力，呈现出2万多红军作战、2万多群众支援的人民战争壮观景象。人民群众是推动历史发展的根本动力，正是因为有根据地广大人民群众的热烈拥护和鼎力支持，红四方面军才能取得四大战役的胜利。

潢光战役

潢光战役主战场遗址——光山槐店

1932年6月12日，红四方面军发起潢（川）光（山）战役。此役采取分割包围、各个歼敌的战术，历时5天，共计歼敌正规部队8个团和反动民团一部，毙、伤、俘敌近1万人，活捉敌第七十六师参谋长李亚光，击毙、活捉敌旅长2人，缴枪7000余支。潢光战役的胜利，使鄂豫皖革命根据地向北大为扩展。

1932年3至5月，国民党军乘红四方面军主力在皖西苏家埠地区作战之机，以其集中在潢川县城附近的第二十路军3个旅分别占领潢川以南的仁和集、东南的双柳树和潢川、固始间的桃林铺；又以新编第二十师分布于光山县城及其以南的椿树店、槐树店，企图长期据守并伺机继续向鄂豫皖苏区进犯。苏家埠战役结束后，红四方面军总指挥徐向前、政治委员陈昌浩以第二十五军军部及其新组建的第七十四、第七十五师留置皖西，率领第四军第十、第十一师和第二十五军第七十三师及少共国际团（原红四方面军教导团改称），于6月初由苏家埠西返豫东南商城地区与第四军第十二师会合。为收复潢川、光山南部地区，红四方面军总部决定发起潢光战役，歼灭仁和集、双柳树等地的国民党军。6月12日，战役开始，第十师直出椿树店、槐树店，歼敌新编第二十师1个团大部，乘胜进逼光山，直抵州河南岸。同日晚，第十二师和第七十三师、少共国际团分别包围双柳树和仁和集；第十一师秘密进至潢川以南璞塔集（今卜集）、彭店地区，阻击可能由潢川南援之敌。6月13日，第十二师攻占双柳树，歼敌守军2个营，继又将其北逃余部追歼于薛店地区。同日，第十一师经整日激战，攻占璞塔集，歼灭由潢川南援的国民党军第五十六、第五十七师各1个团，活捉敌第七十六师参谋长李亚光。6月14至15日，被围困于仁和集的敌守军经多次突围未成。6月16日拂晓，仁和集敌守军约2个团突围西逃，被第七十三师主力追歼，活捉敌旅长李万林。与此同时，第七十三师一部和少共国际团将未及逃窜的敌守军约1个团就地歼灭。至此，战役结束。红四方面军共歼国民党军8个团近1万人，缴获各种枪7000余支（挺），收复了商城以西、潢川和光山以南大片地区，并扩大了部分新区。

李先念成为年轻的红军指挥员始于就任红三十三团政委。1931年10月，为了革命斗争的需要，李先念又从地方回到军队。红四军第十一师三十三团的老底子是商城起义红三十二师的部队，由能征善战的师长周维炯带起来的，战斗作风勇猛顽强，以敢打敢拼、有我无敌而出名。李先念接任团政委时，正值张国焘将部队集中在光山白雀园搞“大肃反”，周维炯已被诬陷为“改组派”而抓了起来，不久即惨遭杀害。李先念刚到这个部队，就遇到“白雀园大肃反”，耳闻目睹许多红军和根据地的领导骨干一夜之间就从革命变成“反革命”，着实感到难以理解。为了保留住红三十三团的骨干力量，李先念不计个人安危，敢于仗义出马，大胆保护了一批下级干部，赢得了全团指战员的尊敬和信任。李先念善于做思想政治工作和团结同志，待人亲切、诚恳，没有官架子，指战员都愿意与这位因未发军装而仍穿长袍的“大褂子政委”密切交往。博得大家称赞的“大褂子政委”则虚心地向下级学习军事知识，力求从“外行”变“内行”，尽快成为一名优秀的红军指挥员。从战争中学习战争，在“四大战役”的枪林弹雨中锻炼成长，李先念不仅迅速成长为一名智勇双全的红军优秀指挥员，而且把红三十三团这个商城起义的老部队带成了享有鄂豫皖红军最高殊荣的英雄团队。1932年1月19日，红十一师首先围攻潢川县城附近的北亚港，打响了商潢战役的第一枪。李先念率红三十三团英勇奋战于豫东南，围攻北亚港，击退增援之敌，攻占十里头，奋战七里岗，围点打援，激战杜甫店，直插刘寨，打乱敌指挥中心，追歼溃逃之敌，为商潢战役的胜利做出了突出贡献。随后，东进皖西投入苏家埠战役。接着，红三十三团在兄弟团队的配合下，又在潢光战役中再立新功，一举攻克璞塔集，歼灭守敌千余人，活捉敌七十六师参谋长李亚光。由于红三十三团在“四大战役”中纪律严明、战术灵活、作风顽强、战绩突出，被红四方面军总部授予“共产国际团”的光荣称号，这是鄂豫皖红军史上的首次命名和最高荣誉。

1932年6月25日，潢光战役胜利后，红十二师乘胜攻克信阳鸡公山，歼敌1个团。

黄安、商潢、苏家埠、潢光四大战役的战果辉煌，总计歼敌约6万人，其中成建制被歼灭的敌正规军近40个团，取得了第三次反“围剿”斗争的辉煌胜利。在第三次反“围剿”斗争中，红四方面军迅速壮大，主力红军发展到2个军、6个师，还组建了4个独立师和1个“少共国际团”，共4.5万余人。

以“四大战役”胜利为标志，鄂豫皖革命根据地的发展达到鼎盛，成为拥有主力红军4.5万余人，地方武装30万人，根据地面积4万余平方公里、人口350余万，建立了30个县市革命政权的全国第二大革命根据地。

（原载《鄂豫皖革命纪念馆》，2009年8月中国文化出版社第一版）

“哒哒哒哒”——潢光战役最美的战斗乐曲

潢光战役时，我在机枪连当指导员。那时候的机枪是水机关枪，枪管套在枪筒里，枪筒中间装水，用以散热。机枪射击后，打一两带子弹后，枪水就热了，要及时换水，不然的话就会减少射程；水干了，还会发生炸膛事故。尽管这样，水机关枪在当时的红军连队，还是不可多得的火力比较强的武器。战士们是多么喜爱它那一张口就“哒哒哒哒”响个不停的火暴脾气啊。每当我想起红军时期峥嵘的战争岁月，我的耳畔就仿佛响起了清脆悦耳的水机关枪欢叫声。

俗话说：“吃一堑，长一智。”在潢光战役中，我们连在椿树店首战敌部子举部时，在遭受了挫折、掌握了对付敌人迫击炮的本领后，才使水机关枪更畅快地欢叫起来。

1932年6月初，红军在苏家埠战役胜利后，沿淮河进至豫东南根据地的商城地区，发起了潢光战役，收复为敌侵占的潢川、光山南部地区。当时敌二十路军有七十五、七十六两个师，共六个旅。其中两个旅担任潢川城

鄂豫皖革命纪念馆陈列的勃朗宁机关枪

及外围的守备，一个旅位于潢川、固始间的桃林铺，一个旅驻仁和集，一个旅驻双柳树。郜子举新编二十师分布于光山城及其以南之春树店等地。我所在的三十三团二营机枪连和全团一起，奉命到潢川以南的璞塔集、彭店地区，歼灭可能由潢川来援之敌。

郜子举部队，盘踞在椿树店一带，烧杀抢掠无恶不作。老百姓恨之入骨。我们到椿树店北边一驻下，乡亲们便纷纷前来控诉郜子举部队的种种罪恶行径。战士们听着听着，都流出了悲愤的眼泪，有的把牙齿咬得“格格”响。我们满怀仇恨的怒火，等待着进攻命令的下达。

进攻的命令终于下达了。团长吴云山命令一、三营从东西两面一齐出击，二营从西北突入，占领村西北一些房屋。我们机枪连是主要火力，团长令我连配属各营行动：二排由副连长率领到一营，一排由连长率领到三营，我和三排一起留在二营。各排按照配属，迅速占领了射击位置。

上午，战斗打到街北头时，有的机枪射手，由于只注意了发挥火力，一个劲地喊着“狠狠地打呀！”却忽视了火力点的隐蔽和适时的转移，敌人就连续向那些暴露的机关枪阵地打迫击炮。只听“轰隆”一声，四班机枪阵地上冒起了一股浓烟，正在欢叫的水机关枪一下子沉默了。当时战斗正激烈，我也一个劲地指挥机枪向敌人猛打猛扫，当知道四班出现全班伤亡的情况时，心情很沉重。

下午一时，全团投入战斗。我们将四挺机枪，选择隐蔽地形，在一个山坡上架好，掩护二、三营向敌人工事冲击。机枪声、手榴弹爆炸声震动大地。至三时，战斗胜利结束，敌人全部被歼。傍晚，我们连集结在杨家集附近休息。开晚饭时大家都去吃饭了，唯有四班长陈绍元不去吃饭，在那里落泪。我知道他为全班伤亡而伤心，便劝他说：“绍元同志，人是铁，饭是钢，不吃饭咋行？”他说：“指导员，我实在吃不下去。你看我们班十二个人，今天只剩下我和马侠芳两个人了，枪也没有了，叫我怎么吃得下饭呀！”我又劝他说："为革命牺牲是光荣的，枪没有了以后还可以从敌人手中夺嘛！"经过我的劝解，四班长的情绪才好了些。

我们到这时才知道迫击炮的厉害，为了在以后的作战中能巧妙地对付它，减少伤亡，我们组织各班、排研究了它的特点、功能和防范的办法，经过归纳，编成了顺口溜："迫击炮，隔山倒，炮声响，打来了；迫击炮，真不照（大别山区土话：不怎样的意思），太近了，打不倒；迫击炮，天上叫，呼呼响，快爆了；迫击炮，天上掉，看炸点，转移好。"

打了郜子举，我们部队即由杨家集出发，向北面潢川方向前进，打璞塔集之敌。璞塔集是一个比较繁华的集镇，东、南、北面筑有高围墙，墙外有很深的水沟，西边是一条河，夏季河水较深。国民党七十六师让参谋长李亚光率一个加强团进驻了这个集镇，加修了防御工事。李亚光以为凭借这有利的地形就可以太平无事了，但是，他没有料到末日即将来临。

我们团长十分注意对机枪连的使用。在璞塔集战斗中，他亲自掌握机枪连，布置每挺机枪的发射孔和工事。当我们二营前进到璞塔集的南土岗上时，敌人的枪弹"嗖嗖"呼叫着，打得地上沙土飞扬。团长用望远镜观察了一下后，命令机枪掩护二营攻下桥头。我们的水机关响开了，"哒哒哒哒……"子弹连贯着倾泻而去，打得石桥那边的敌人倒下一大片，死的死，伤的伤，一片哀号声。二营长刘树木率两个连一个冲锋过去，敌人抵挡不住了，往围子里逃跑，二营尾追到石桥，给了敌人一通手榴弹，占领了石桥以南的房屋。

正当我连机枪猛烈射击时，敌人又打来多发迫击炮弹，想压制我们的机枪火力。但是，这回敌人的算盘打错了，我们接受了打郜子举战斗的教训，已有制服"胡吊炮"的办法啦：早已选择好了机动转移的位置，我们的水机关的枪声是压制不住的。敌人的炮一响，我们的机枪就转移到离敌迫击炮只有百米左右的地方，使敌人的迫击炮失去了作用。它如果再射击，炮弹就要扔到自己脑袋上。而我们的机枪却钻到敌人的鼻子底下，依托着屋墙，以强大火力杀伤敌人。

我们这个团已打了两个小时了，师首长观察后对部队作了新的调整：三十一团从围子东面、三十二团从围子北面对璞塔集之敌实行大包围。下午两点，倪志亮师长命令总攻。这时，敌我双方枪声大作，炮声隆隆，整个璞塔集硝烟腾空，弹雨纷飞，这又是一场激烈的恶战。

在这场激战中，我们连的战士越打越英勇，越打越灵活，使机枪的火力得以充分发挥。当听到总攻的号声一响，我全连机枪一齐开火，以猛烈而集中的火力，掩护步兵连队冲锋。战士们猛虎般扑向敌人，抢占了围子南门口，团长吴云山大喊："打进围子了，快上啊，活捉李亚光！"一、三营蜂拥而上，占领了围子南门口，我们连也跟着三十团从北面打进围子。三十一团也占领了围子东面。敌人乱作一团，除了少数从西面过河逃跑外，其余全部被歼灭，敌师参谋长李亚光被活捉，缴步枪几百支，机枪几挺，迫击炮四门。

战斗于下午四点胜利结束后，接到团首长的命令，要我们去领机枪和子弹。我们领了四十多箱子弹和一挺机枪。当夜团部又从各连抽调十名身强体壮的战士，将四班重新补充起来了。

经过添兵补枪，我们这个水机关枪连又齐装满员了，大家情绪饱满，斗志高昂，接着又挺进潢川十里头，和兄弟连队紧密配合，打了一个漂亮的阻击战。

（作者董洪国，系时任三十三团二营机枪连指导员）

为革命抛家舍业的吴焕先

吴焕先

吴焕先，河南省新县人，鄂豫皖革命根据地的创始人之一，曾任红二十五军军长、政委，被誉为“红二十五军的军魂”。

吴焕先，1907年出生于新县箭厂河乡四角曹门一个富裕家庭。1923年，考入麻城蚕业学校。蚕业学校是麻城传播马克思主义最活跃的场所之一。吴焕先在蚕业学校开始接受马克思主义，并加入了社会主义青年团。1924年冬，吴焕先放假回家，带了一张马克思的像贴在正堂供桌上面的墙上。他父亲责问吴焕先说：“这是敬祖宗的地方，你怎么把这张像贴在这里？”吴焕先回答说：“他是革命导师，照他的办法，就会创造出个新社会来！”

吴焕先在家乡还积极进行革命宣传。指着墙上的地图，沉痛地对贫苦农民说：“现在帝国主义列强侵略中国，土豪劣绅压迫农民，当长工的人就要受一辈子苦。”1925年冬，吴焕先从蚕业学校毕业后回到家乡，由戴季伦、戴克敏介绍加入中国共产党。从此，吴焕先坚定地走上了“创造出个新社会”的革命道路。

1926年初，19岁的吴焕先在家乡发展和建立党的秘密组织，组建农民协会。同年秋，他将几家佃户、债户请到家里，向他们宣传革命思想，并当面烧毁了他们的租地契约和债务借据，这在当地引起很大轰动。人们奔走相告，农民交口称赞，地主恶霸却对他恨之入骨。这年冬天，极端仇视农民运动的地主豪绅，勾结土匪和"红枪会"反动武装二百余人，杀气腾腾直扑吴焕先家所在的箭厂河乡四角曹门而来，声言："踏平箭厂河，血洗四角曹门，灭绝吴焕先全家！"吴焕先父亲、大哥、大嫂和他们不满半岁的孩子、二哥和五弟惨死在屠刀之下，只有母亲、二嫂与侄女荣荣、四弟幸免于难。吴焕先闻讯赶回家时，所看到的除了几具血肉模糊惨不忍睹的亲人遗体外，就是一张特大告示："捉住吴焕先，赏银洋三千！"在料理丧事时，他含泪向乡亲们说："这个血债早晚要血偿。我吴焕先破家革命，一不做二不休，就是要革命到底，宁死不屈！"

劫难过后，吴焕先投身于工农革命的历史洪流之中。1927年领导了黄麻起义。1931年5月任中国工农红军第四军第十二师政治部主任，11月任红四方面军第二十五军第七十三师政治委员。参加了鄂豫皖苏区历次反"围剿"。次年10月，红四方面军主力离开鄂豫皖苏区后，吴焕先任鄂东北游击总司令部总司令。红二十五军重建后，吴焕先任军长。

1931年，吴焕先与鄂豫边革命委员会主席曹学楷的堂妹曹干先结成了一对革命夫妻。在此后的艰苦岁月里，妻子跟吴焕先的母亲陈氏相依为命。在第四次、五次反"围剿"时期，婆媳俩搭着伴儿，经常离家外出逃难，以乞讨糊口。1933年5月，正值青黄不接之际，吴焕先的母亲听说红二十五军军粮短缺，为支援红二十五军，她将婆媳二人乞讨来的一袋"百家粮"送到七里坪龙王山红军阵地。当时大家想极力劝阻军长留下老母，好赡养老人。可深明大义的母亲理解儿子的难处，半夜偷偷地走了。几天后，妻子曹干仙听说部队断粮十几天，也将自己乞讨积攒下来的几十斤大米和十几个鸡蛋送到了部队，曹干仙告诉吴焕先自己已怀有四个月的身孕，夫妻俩匆匆见了一面，也含泪离开了部队。母亲和妻子沿门乞讨送来的粮食，吴焕先依旧分给了战士，可他哪里知道，自己的母亲和妻子在离开部队后，身怀有孕的妻子，在返回途中活活饿死在了荒郊野地，就这样结束了她的年轻生命。同年冬，吴焕先的母亲也因不屈从于敌人的“移民并村”计划，躲在自家的夹墙缝里活活饿死，二嫂也因在“难民所”吃了敌人掺有石灰渣子的饭被折磨致死。就这样，领导鄂豫皖革命根据地斗争的红二十五军军长吴焕先为了革命抛家舍业，敌人的迫害让他家破人亡，全家牺牲了九口人的生命，包括母亲、妻子还有那未曾谋面的孩子的生命。但他仍带领群众坚持革命斗争，在艰苦的环境下，他以坚定的革命信念，写下了“深山密林是我房，沙滩石板是我床。尽管敌人逞凶残，坚决斗争不投降”的豪迈诗句。

吴焕先的心里永远装着革命事业、战士和老百姓，在最困难的时候他也是有条不紊、指挥若定。1928年，鄂豫皖革命根据地的斗争处于低潮期。深秋的一个夜晚，党代表吴焕先和三十多名赤卫队员被一营国民党和民团武装围困，三天来，吴焕先和战士们除了就地弄点野菜、野果之外，别的什么吃的也没有，处境相当艰难。敌人戒备森严，要突围出去不容易，他要想方设法保存这支革命力量，他果断地对请示命令的吴先恩说：“我们在这里饿肚子，目的是麻痹敌人，造成突围的条件……”

“可是不吃东西不行啊，连最壮的战士牛挺俐都顶不住了！”吴先恩着急地插了一句。

“黄昏的时候，敌人还不来攻山的话，我们再组织人去采些野果。”吴焕先举目望向远方说，“派出去侦察的同志今晚该回来了，我们要等待最佳时机！”

天黑了，山下一片静寂。吴先恩遵照吴焕先的指示，带上一小队去采集野果。小队员蔡斗子的活泼劲儿又上来了，唱起了党代表教的歌谣：

深山密林是我房，

野果、野菜是我粮。

不怕艰难和困苦，

坚决奋斗不投降！

歌声突然停止了。“可好了！这儿有一块红薯地！”小蔡斗子兴奋地叫了一声，饥饿使年少的他忘掉了纪律，不自觉地用他那两只小手没命地扒了起来。

“不许动！”牛挺俐坚决地制止了他。这句话，恢复了小蔡斗子的理智，他朝牛挺俐做了个鬼脸，不好意思地站了起来。除小蔡斗子外，大家都知道这块红薯地是党代表吴焕先最早发现的。那天刚来到山上，他去周围看地形的时候，就已经瞧见了，虽然没吃的，但他从没挖过一个红薯，还教育战士们要爱惜老百姓的财产……

时值深秋，山里的野果已剩不多，这次他们也没有采到多少。晚上，派出去侦察的人回来后，弄清了敌人虚实，吴焕先决定率部突围。他把大家叫到一块，说道：“现在，我允许每人去扒两块红薯吃。”大家听了一愣，正要说话，吴焕先又说：“去吧，吃饱了才有劲突围，才能保存革命的火种！百姓的损失，我有办法补偿。”

战士们按照命令，扒了两块红薯吃了下去，浑身有了力气，成功地突围下山了……

三个月以后的一个深夜，吴先恩带着这支部队又来到了突围的那座山下——王家大湾。进村一看，家家户户都紧紧关着大门。正在他们着急的时候，村西走来一位老人，硬要拉战士们住到家里。一进门，老人就亲亲热热地招呼战士们坐下，他烧水端茶地忙乱了好大一阵子，这才得闲拉起了家常：“红军同志，我告诉你们一桩稀罕的事儿，三个月前，有一天，天蒙蒙亮的时候，不知从哪里来了一伙子红军，到了我们这西山上就不走了。白军从四面八方赶来把这座大山包围得水泄不通。”

“山上有我一块红薯地，我老惦念着红军没吃的时候，会把它吃光。过了几天，晚上大概三更时分，外面的枪响的跟爆豆子一样，红军突围走了。第二天一早，白军就滚蛋了。我捞起一把锄头，急忙忙就上了山。心想赶快把红薯刨回家藏起来好过冬，兵荒马乱的年月，把好吃的东西放在山上，总叫人放心不下。上山一看，红薯少了一大片，我想准是红军给扒吃了。谁想刨在一棵红薯上，往上一拉，一个白布包包。这是咋回事？打开一看，里面包着五块白洋！我赶忙拍了拍布上的土，布上写着两行字：'亲爱的老乡！我们是红军，因为要同白军作战，吃了您的红薯，随付白洋五元。请收。'"

"这是做梦吧？可低头一看，确是光闪闪的五块白洋！共产党呀共产党，你们真是天底下头一号的好人哪！我高兴的连红薯也顾不上刨了，揣起小包包，急忙下了山，恨不得一步就走到家，赶快把这桩离奇的事告诉东邻西舍，告诉全村的人……"

老人瞪了瞪布满血丝的眼睛，拍了拍吴先恩的肩膀，问道："同志，你知道这伙人到什么地方去了？我真想亲眼看看他们！"

还是小蔡斗子的嘴快——他早就憋不住了，几次想打断老人的话，都被制止住了，还没等吴先恩说话，他就抢过了话头："看吧，他们都在听您老人家讲故事呢！"

老人家霍地站了起来，紧紧地握着战士们的双手，挨个地打量着他们。而战士们也一动不动地凝视着老人家那两只饱含着泪水的眼睛，耳边又响起了党代表吴焕先的话："红军是老百姓的队伍，要爱护老百姓的一草一木……"

吴焕先用自己的忠诚、英勇与智慧领导红二十五军，他无私无畏，百折不挠，英勇机智，指挥若定，在多次恶战中使所率部队转危为安，转败为胜；他品质高尚，意志如钢，胸怀全局，远见卓识。他的英名和丰功伟绩已载入史册，被誉为伟大的无产阶级革命家、政治家和军事家。毛泽东曾深情地说："红二十五军远征为中国革命立了大功，吴焕先功不可没！"红二十五军军魂吴焕先永远活在人们的心中，人们永远怀念他！

灵山便衣队

1932年，红四方面军西进川陕，红二十五军于1934年11月也奉命北上，疯狂的敌人妄图乘机扑灭我鄂豫皖根据地的革命火种，他们采取了封山烧林的野蛮手段，叫嚣要把红军困死在山林中。在那艰难困苦的日子里，昼夜转战在深山密林中的红军战士，得不到粮食、弹药的补给，伤病员无处安置，兵源无法补充。为了在白色恐怖中保存革命力量，发展和扩大革命根据地，我党决定向敌后派遣红军便衣队，开展灵活机动的游击战，牵制敌人，武装群众，筹集钱物，配合主力部队。

巍峨的灵山，位于河南省的信阳和罗山的交界处。这里群山起伏，地势险要，有名的武胜关是京汉铁路的咽喉地带。1934年10月，中共罗陂孝特委派遣“灵山便衣队”在这一带秘密战斗，犹如插在敌人心脏里的一把尖刀。1936年初，我奉命从九路游击师调到了灵山便衣队。

灵山地区的人民群众，长年受着土豪劣绅、反动民团和国民党军队的重重压榨，对敌人充满仇恨，红军便衣队到这里活动后，就一人一户地进行发动。贫苦群众听说来了红军，无不兴高采烈，大家很快组织了农民小组、妇女小组以及地方武装——小便衣队。挣扎在死亡线上的农民一旦觉醒，闹翻身、要求解放的愿望和热情就像爆发的山洪一样，汹涌澎湃，不可阻挡。为了震慑敌人，鼓舞群众，开始由红军便衣队出头，农民暗中配合，斗了当地几户恶霸地主，分了他们的粮，夺了反动民团的枪。我们把粮食、财物分给饥寒交迫的群众，用枪支弹药武装了当地的便衣队。经过几次小规模的战斗，群众对红军更加信赖，革命情绪更加高涨。

坐落在灵山脚下的柳林镇火车站，是个交通要道。那里有五六个碉堡，驻守着国民党新五军的一个营和地方民团。有一天，我们在那里的一个内线联络员送来一份情报，说是柳林镇伪军换防，新五军当天开拔，接防的伪军第二天才能赶到，眼下柳林镇车站由剩下为数不多的民团看守着，希望能打个敌人措手不及。收到情报以后，大家十分高兴，谁也不愿放过这个袭击敌人的好机会。那些刚组织起来的农民小组和小便衣队的队员们，更是跃跃欲试，要求参加战斗。便衣队指导员黄锦思立即召集会议研究，决定采取火攻，烧毁敌人的碉堡群，给敌人正规军一点颜色看看。大家详细商议了战斗部署，便分头准备去了。

《灵山便衣队》封面

天黑了，清冷的夜空挂满星星。我们这个小组乘着夜色，朝预定的地点进发，20多个农民小组组员，有的扛着长枪、大刀，没有武器的背着一大捆干柴。我们来到了集合地点，黄指导员和其他小组也都陆续赶到。只见黑暗中迅速集中起了一支队伍，影影绰绰的有100多人。队伍在夜色的掩护下，静悄悄地前进，神不知鬼不觉地摸到了柳林镇。

这时已是半夜，我们把队伍埋伏好，就派出了侦察哨。不大一会儿，接到了“可以行动”的暗号。黄指导员就指挥大家隐蔽前进，慢慢接近了碉堡。这时候，只见往日灯火通明、喧闹不休的碉堡，今夜一个个黑暗无声，几个团丁像幽灵似地在碉堡门前晃动，不时朝外面胡乱放上一枪，给自己壮胆。说时迟那时快，我们箭步上前，结果了哨兵；农民们一拥而上，抱柴的抱柴，点火的点火，霎时间，堡群火光冲天，喊声四起。不一会儿又起了风，风助火威，越烧越旺，把半个天都映红了。驻守在火车站的民团看见大火，知道大事不好，一个个龟缩在阵势里只是乱放枪。趁着混乱，我们队伍又逼近了车站，又打枪又喊话，把敌人吓得要死。天亮前，我们胜利地撤了回来。第二天，从柳林镇传出来"一股风"说，昨夜红军来了几百人的队伍，烧了碉堡打了车站，把民团吓得屁滚尿流。消息越传越远，当地人民无不拍手称快。两天以后，敌人赶到山底下来报复，他们架起迫击炮乱放一通，连一个红军的影子也没有找到，只好灰溜溜地溜了回去。从此我们便衣队便声威大震了。

我们便衣队的活动引起了敌人的恐慌，敌人相应地强化了反动的地方政权。当时保甲制度森严，哨卡遍布，岗楼林立。为了更有力地打击敌人，我们积极做争取保长的工作，使他们在可能的情况下为我们提供敌情，筹集物资。当时黄家湾的保长黄宗正，50多岁，有一个独苗小孙子，他爱如掌上明珠，却不料被当地的土匪绑了"肉票"。土匪把黄保长的小孙子做人质，放出风来，要黄保长在3天以内筹齐300块银洋和一些大烟土、腊肉等去交换，要不然小孩就性命难保。黄保长急得六神无主，想来想去，认为只有红军便衣队能解他的围，于是哭丧着脸找到我们的驻地。便衣队和恰巧来灵山活动的特务队商量以后，确定在土匪同黄保长约定碰头的那天，预先埋伏在交换地点——许家冲东岭的树林里，给他们一个突然的袭击。

到了约定的那天下午，黄保长和一个化装的便衣队员，挑着一副箩筐出现了，他们在路口坐下来，张望着，等待着，不时摘下草帽扇着凉。过了很久，山上一点动静也没有，眼看太阳快要落山了，大家都急得不行。又过了一会儿，果然山上慢吞吞地下来了3个人，走近一看，正是土匪。走在前头的一个人背着黄保长的小孙子。土匪看见黄保长坐在那里，身旁还有一副箩筐，一阵狂笑乱叫，不由加快了脚步。等他们走进埋伏圈，我们猛地跳了出来，冲在前面的大个子杨定芝，一把揪住土匪的衣领，把小孩夺了下来，其他的人截住土匪的逃路，拿枪逼着他们。土匪见势不妙，一个个跪地求饶。由于当时正在做瓦解土匪的工作，我们只是把他们训斥了一顿，让他们再不要做伤天害理的事情，就把他们放了。

打这以后，黄保长更加靠拢我们，在紧急关头还掩护过我们便衣队。一天夜晚，我和队员张永清跟随黄指导员去黄保长家了解敌情。一踏进门槛，就发现气氛有些不对。只见几个满脸凶气的家伙，大模大样地坐着，黄保长点烟泡茶，在一旁伺候。正当我们进退维谷的时候，黄指导员机智果断，只见他两眼一瞪，声色俱厉地喝道："你们是什么人？到这儿干什么来了，是不是红军探子？"这先发制人的喝问，把5个人中的4个怔住了。为首的一个大个子却满不在乎，反问我们道："你们是什么人？"话音刚落，这家伙嘴一咧，眼一斜，伸手就去掏枪。张永清眼明手快，一把将枪夺到手中，抵住了大个子的后背。我"哗啦"一声拉开了枪栓，口喊："不许动！"黄保长赶忙上前，满脸赔笑说："都是自己人，别误会，有话好商量。"黄保长指着我们说："这三位是小河镇联保主任派来查户口的。"接着又向我们介绍说："他们5个人是杨家岗国军派来侦探红军动向的。"

听说是国民党派来的探子，我们又惊又喜，这是送上门的"舌头"呀。可是3个对付5个，只能智擒，不可鲁莽。当时正牌的白军到联保所去，傲慢无忌，这家伙连证件也不带，我们便抓住这个喳口，趁机缴了他们的枪，又命黄保长拿来绳子，不容分说捆绑起来，声称要押去见联保主任。那个大个子不服气地歪着头，嘟囔说："走就走，见了主任再说。"逗得我们掩口暗笑。就这样，我们三个人押着五个俘虏回到了驻地。由于我们红军的政策深得人心，就连灵山大庙里的和尚也被我们争取了过来，帮助我们买粮食、送情报，办了一些力所能及的事情。由于到处都有我们的耳目和隐蔽点，我们消息灵通，行动神速，敌人抓不住我们，而我们要收拾敌人，却是手到擒来。

在灵山一带的深山老林里，隐蔽着一股凶蛮的土匪。这群乌合之众，有国民党的散兵游勇，有当地的流氓地痞，有从外地流窜来的土豪劣绅，也有少数被逼、被骗当了土匪的穷人。他们的活动特点是分散活动，三个一伙、五个一群，白天拦路抢劫、杀人放火；夜晚冒充我们红军便衣队，打家劫舍，强奸妇女。由于他们像野狗似地到处乱窜，被当地群众骂作“小马子”。“小马子”是当地群众的一大祸害，也成了我们开展工作的障碍。便衣队决心为民除害，经请示中共鄂东北道委同意，确定了先孤立后瓦解的政策，促使他们不打自散。当时，我们从道委赶印出一批传单，四处张贴散发，还提出了“有匪必寻，有疑必找，闻情即扑，见影即追”的口号。深受其害的广大人民群众闻风而动，积极协助我们查匪报匪。同时，我们又做了土匪家属的工作，要他们劝说亲属弃暗投明，重新做人。逢到我军大部队经过的时候，更是大造声势，很快就从四面八方布下了剿匪的天罗地网。

有一次，我在山上执行侦察任务，忽然发现一块地方堆放着鸡毛、碎骨头和破烂衣服，不远处扔着一个“三炮台”香烟的空盒子，我便同黄指导员、队员徐路军、杨定芝就地研究，断定这是“小马子”遗留的东西，估计是他们抢劫作案以后来这里分赃，人可能还没有走远，于是我们就沿着这一条线索向前寻找。将近中午，在密林深处的隐蔽地，果然发现有两个土匪，只见他们坐在地上歪靠着大树，懒洋洋地正在打盹。他们穿的衣服脏得已辨不出颜色，头发像一堆乱草，真是三分像人、七分像鬼。我们又搜索了一圈断定周围没有其他情况，决定活捉这两个土匪。杨定芝、徐路军和我拨开树丛跳出来猛虎般地直扑两个土匪。土匪被惊醒了，一个慌慌张张刚想拿枪抵抗，被我一脚把枪踢了老远，杨定芝和徐路军冲上去，立即把他们两个绑了起来。

土匪傻愣愣地望着我们，嘴里还不住地用暗语打招呼："你们是哪杆子？在哪架子？谁是打头的？"

黄指导员正颜厉色道："少废话，我们是红军便衣队！"

一听这话，两个土匪如梦初醒，顿时吓得白了脸，"扑通"一声跪在地上求饶说："长官开恩，长官开恩，千万别杀了我们，我们还有老有小呀！"

往日穷凶极恶的土匪，见到红军就变成了这副熊样，不禁令人可笑。根据对土匪分化瓦解的政策，我们了解了"小马子"的内情及其活动规律，又把这两个土匪狠狠训斥了一通。最后黄指导员对他们说："今天我们不杀你们，放你们回去，回去后要再敢冒充红军便衣队为非作歹，我们就不客气了！还有，转告你们何队长和其他弟兄，只要改邪归正，重新做人，红军就给你们出路。"

两个土匪一面听，一面不停地鞠躬哈腰，唯唯连声，然后一溜烟似的窜进山里去了。

打这以后又相继遇到一些零星土匪，我们都是进行教育以后释放了，使他们感到红军的政策是允许他们改邪归正的。他们也深知投靠国民党和反动民团也不会有什么好下场，再加上土匪群里四分五裂，互相殴斗，因而总是惶惶不可终日。经过一番政治工作以后，土匪头子何光武也动摇了。我们见迫使"小马子"投降的时机到了，就以红军便衣队的名义给何光武写了一封正式的劝降信送了去。

不久，何光武派人送来了回信，表示愿意投降。经协商双方各派两名代表，在小王庄谈判，便衣队确定派张炳祥和我作为谈判代表。谈判那天，我们俩全副红军装束，头戴红五星的八角帽，腰插乌亮的盒子枪。我看看张炳祥，只见他一改平日爱说爱笑的神态，显得十分威严。不一会儿，"小马子"的代表也来了。他们一进门就摘掉礼帽，朝我们不住地点头哈腰，"兄弟长""弟兄短"地寒暄。张炳祥是我们便衣队唯一的"知识分子"，谈古论今，很有一套，被大家称为"张道委"。这时候他也摆出了"首长"的架势，咳嗽了一声，不紧不慢地说："我们红军便衣队是穷人的队伍，实行的是‘打富济贫，扶困救危’的政策，我们红军主张每个人要靠劳动过活，当土匪害百姓是不仁不义的行为，是没有出路的。"只有共同消灭白狗子，打倒土豪恶霸才是正确的出路。他讲得滔滔不绝，两个土匪也不知道听懂了没有，只是一个劲地"哼哈"点头。随后，我们向土匪提出了三个条件，要他们在投降以前做到：一、不准再坑害老百姓；二、不准走漏红军的消息；三、不准破坏或私藏武器。接着我们又向土匪指出了受降后的三条出路：一、不愿意散伙，经我们批准，可以参加便衣队，一起打土豪，打白军；二、愿意回家的，发给路费，遣送回家；三、家住苏区的，我们写证明，保证回去后受到宽待。"小马子"的两个谈判代表一一应允，临走，我们还拿出了几筒"三炮台"香烟和一些糖果送给他们，他们如获至宝，连连打躬作揖而去。

谈判以后，双方确定在许家大湾召开"会合"大会。为了提防意外，我们把特务队也请来了。便衣队事先杀了猪，准备了香烟、糖果。那天一大早，指导员黄锦思和特务队长伍坤山每人挎一把崭新的盒子枪，枪上系着的红缨子随风飘舞，精神抖擞地站在高台上，九个便衣队员和特务队一百多名战士持枪列队，威风凛凛地站在四周，附近的老乡们也扶老携幼地来看热闹。

"小马子"排着长长的队伍下山了，共有100多人。何光武头戴礼帽，身穿长衫，手里拄着"文明棍"，强打精神走在最前头，后面跟的匪徒一个个面色如土、蓬头垢面。我走上去，把黄指导员、伍队长向何光武作了介绍，何光武说："小弟何光武，冒犯贵军实在不该，请红军兄弟高抬贵手，多多包涵。"大家寒暄了几句，这时饭菜摆了上来，大家就地而坐，围成几个圈子，边吃边谈，匪徒们一个个活像饥狼饿虎，霎时间就把饭菜吃了个精光。饭后接着召开大会，黄指导员和伍队长都讲了话，他对"小马子"改邪归正表示欢迎，并且宣传了红军的主张。何光武也讲了话，他结结巴巴地说："小弟过去所为，实在对不起红军和众家百姓，惭愧得很，从今以后我何某一定在红军的提携下，重新做人，愿各位今后多加指教。"

当时，我们便衣队分别插到土匪当中，宣传政策，了解摸底。对愿意回家的，每人发给20块银圆做路费；对坚决要求参加红军的，经我们审查批准，送他们去参加游击师；何光武本人也表示改邪归正不干坏事。就这样，数百人的"小马子"土崩瓦解了。红军便衣队在灵山一带的基础更加稳固了。

灵山便衣队起先在灵山一带活动，以后又转战到湖北应山地区，共坚持战斗了三年多的时间。在那战斗的日日夜夜里，我们的足迹踏遍了方圆三百多里的崇山峻岭。尤其在头年，我们的处境异常艰险，在国民党白军惨无人道的"围剿"下，大片村落被烧光、杀光、抢光，出现了一块块的无人区。险恶的环境，艰苦的生活，更加磨炼了我们的革命意志。春天吃野草充饥；夏天露宿在山野，常常是暴雨浇身；冬天风雪冰冻。为了不给贫困的群众增添负担和带来危险，我们时常坚持在山上，虽然当时条件那样困难，但队员们革命精神高涨。当时，我们自编了这样一首歌：

野果子，满山有，
摘不完，吃不光。
充饥解渴味道好，
胜过大米赛汤圆。
任凭敌人来封锁，
我们到处有粮仓。

在艰难困苦的条件下，同志们始终保持着旺盛的革命斗志和革命的乐观主义精神。我们这支10人组成的红军便衣队，就像一支利剑，直刺敌人的心脏。回忆这个战斗的集体，回忆当年朝夕相处的战友们，他们的音容笑貌，至今还深深地留在我们的脑海里。

（作者系时任淮南抗日游击纵队二分队总书记胡少卿，
原载《丰碑》1984年7月第1辑）

金刚台上的妇女排

金刚台位于鄂豫皖三省边陲，河南商城县的东南部，海拔1584米，山高林密，地势险要。自古以来素有“采茶、割漆、挖草药，一天出三宝”的美誉。正是由于其险恶的地理环境和恶劣的自然气候，才会在艰苦的革命战争年代中留下许多可歌可泣的英雄事迹，特别让人可敬的是金刚台上的一个特殊群体——金刚台上的妇女排。

1934年11月中旬，红二十五军奉命长征，撤离鄂豫皖根据地后，国民党军队开始疯狂地对根据地进行反复“清剿”，仅存的几块狭小苏区屡经摧残已基本成了“无人区”。为保卫苏区，中共皖西北道委将留下的红军零散人员和部分武装编为红二一八团，并以此为基础重建了红二十八军，此后，面临敌人猖獗疯狂的围剿，留守在根据地的红二十八军在与上级失去联系的情况下，依靠金刚台，与地方武装、便衣队密切配合，坚守在鄂豫皖边区，进行着艰苦卓绝的游击战争。1935年3月和6月初，皖西北第一、二路游击师在敌人反复“围剿”下，分别从赤南、赤城东移至

曾在金刚台上战斗过的女战士合影

位于河南信阳境内的金刚台

霍山、潜山、太湖地区，敌人遂进一步侵占赤南、赤城两块根据地。随着革命武装斗争范围的逐步缩小，留下坚持斗争的党员和革命武装最后在难以立足的情况下，不约而同地上了金刚台，共同在根据地内坚持斗争。金刚台一度成为战士们继续坚守的坚强后盾——进可攻，退可守，非常有利于对敌作战。当时的形势十分严峻，为建立党的集中统一领导，经红二十八军政委高敬亭批准，1935年6月下旬由中共皖西北道委派来的红军干部邱玉生和赤城县委临时负责人张泽礼共同主持，在金刚台铁瓦寺召开赤城、赤南两县干部会议，决定将赤城、赤南两县合并，成立中共商南县委，邱玉生任书记，张泽礼为副书记(不久任书记)，余绪龙、陆华宏、徐其昌、雷维先、史玉清、杜立保为委员。县委决定：以金刚台为依托，广泛发动群众，继续坚持斗争，保存和发展革命力量，打击与牵制敌人，为主力红军筹集给养并配合战斗。

为了实现这一目标，商南县委立即组建革命武装，将所有工作人员编成商南游击大队，下辖两个分队：一个手枪队和一个妇女排，共78人，依托金刚台，与敌人开展游击战争。妇女排由妇女干部、原红军医院的部分护士、红军家属、老弱病残及干部小孩共40多人组成，由排长袁翠明和县委委员史玉清具体负责。在敌人不断上金刚台“清剿”和山上缺衣少粮的情况下，妇女排的同志们为了党的事业不怕苦、不怕累，在金刚台上吃野菜，嚼草根，穿密林，卧冰霜，机智勇敢地同敌人进行了三年艰苦卓绝的斗争，克服了难以想象的困难，有的同志甚至牺牲了自己的生命和骨肉，在金刚台上出现了无数可歌可泣的动人事迹，留下了“金刚台红旗不倒”的佳话。

严守纪律，机智勇敢

1935年春，妇女排在西河上面的深山中隐蔽。一天上午，突然发现敌人搜山。刚开始她们对山上的地形还不太熟悉，隐蔽的地方很不好，已来不及转移，只好原地不动。一时间，敌人漫山遍野，到处都是。同志们沉着冷静，严守纪律。敌人什么也没有搜到，在山上吆喝一通，就下山了。

同年秋天，妇女排在东河上面的大山沟里隐蔽。一天下午，史玉清和老肖、夏从贵到敌占区西河去买粮食，便衣队曾少甫的儿子(外号叫“小团长”)也跟着一起下山。山路崎岖，十分难走。因为天还未晚，不敢马上就去西河，就在河沟里休息。同时她们商量如何完成这次任务。“小团长”一看到清清的河水，就欢天喜地在河里捉螃蟹。这时，突然在小河沟的对面出现一大群敌人。前队离她们只有几丈远，后面看不到尾。敌人又来搜山了，她们顿时紧张起来。这时，史玉清灵机一动，大喊一声：“团长!”敌人一听到喊团长，误认为山上有红军埋伏，吓得就像掉了魂似的，嚷着：“红军，有红军。”就一窝蜂地向后退了好远。史玉清她们利用这点时间，把“小团长”从河里拖了上来，并且迅速撤回到了山上。

当时妇女排的同志们一无枪、二无炮，只好同敌人在大山里兜圈子。一次，狡猾的敌人终于发现她们没有武器，而且是一群妇女，就以为她们好欺负。一个军官哈哈一阵狂笑，得意扬扬地叫道："弟兄们，不要打枪，捉活的，谁抓住这些娘们，就给谁做老婆，要大洋赏大洋，要升官的就升官。"兵丁一听这个命令，真的都不打枪了，向她们扑来。因为她们都是劳动妇女，穿起山林来，敌人赶不上，累得敌人在后面干着急。同时，她们自己也累得筋疲力尽。当天下午，便衣队队长雷维先的爱人何道清同志，因为脚小，加上小孩拖累，被敌人抓去了。县委委员陆化宏5个月的男孩也落入敌手。为了避开敌人，她们赶紧转移到另一座山上隐蔽，暂时避开了敌人的追击。

鄂豫皖革命纪念馆景观陈列——金刚台红军洞群

敌人为了扑灭金刚台上的革命火种，除了大规模搜山外，1937年春，在金刚台主峰修建碉堡，"驻剿"、"搜剿"同时进行。妇女排为了牵制敌人，日夜不停地转移，穿行在金刚台的深山密林和野兽出没的地方。在敌人的一次"搜剿"中，妇女排被冲散了。在寻找妇女排的途中，史玉清生病发烧，满嘴是泡。她怕其他三个姐妹为了照顾她而受到连累，就叫她们离开，另找地方隐蔽。三姐妹却表示："死，死在一块；活，活在一起。"在她们的鼓舞下史玉清忍受着疾苦，和她们一起同敌人周旋。后来当她们走到半山腰，都走不动了，就在几丈高的悬岩上的石缝里隐蔽，不料被敌人包围。她们4人便从几丈高的岩石上溜下深涧，史玉清攀着树枝落到一个乱石林中。陈宜清等3人为了掩护史玉清，暴露了自己，被敌人抓走后，受尽了折磨，她们坚贞不屈，没有一人泄露机密。

不怕苦、不怕累，全力做好后勤保障工作

在那段艰苦的岁月里，本来物资储备就很少，加之敌人封锁越来越严，后勤保障问题显得尤为严重。开始时还可打土豪、找关系，到敌占区搞到一点，但后来由于敌人封锁越来越严，妇女排就在金刚台上摘野菜、采野果。尤其是到了冬天，金刚台的气候是“六月天穿棉袄、十冬腊月冻死鸡”，但她们还是穿着一身破衣服，甚至靠吃草根树皮充饥。有战士受伤后，没有消炎解毒药水，妇女排的彭玉兰、汪乃琴等医务人员克服无医、无药、无医疗技术等困难，找来金刚台的宝贵药材，用山茶、草药煮沸后代替，用盐水清洗伤口，用南瓜瓤子经处理后代替消炎解毒敷料，千方百计地救治护理伤员。便衣队的陆化宏，到敌占区搞粮食，途中同敌遭遇头部负重伤，因为无医无药，伤口严重腐烂，送到妇女排养护，经妇女排用草药贴敷，精心护理，终于伤愈归队。妇女排的老肖负伤时，她们就用针、兽骨片代替手术刀，取出子弹，用草药治愈了伤口。1936年夏，苏仙石便衣队中敌埋伏，战士小邢在激战中腿负重伤掉队失踪。史玉清带领妇女排部分人员翻山越岭，10多天后，终于找到了小邢，把他抬回来。由于是夏天，他伤口里生了蛆虫，经过几个月的护理，伤愈归队。妇女排就这样克服了一个又一个困难，奇迹般地治愈几十名负重伤的革命战士重返前线。

在三年的游击战争中，妇女排在金刚台上除必要时参加战斗外，又完成了收容、护理伤病员和缝制衣服鞋帽等后勤保障工作，有力地配合了商南县委和游击队、便衣队坚持根据地斗争，直到最后胜利。有一首歌谣这样写道：“山沟石洞是我家，树枝稻草盖身上。山菜野果能当粮，三天不吃打胜仗。”这首歌谣反映的就是当时由红军家属和当地进步妇女组成的“金刚台妇女排”——这样一支全部由妇女组成的特殊队伍，她们在革命战争年代留下了一段“巾帼不让须眉”的传奇故事。

英勇无私，甘于牺牲奉献

艰苦的环境不但没有击垮妇女排，相反地，她们所表现出来的英勇气概令敌胆寒。妇女排中有一名是县委书记的爱人晏来香，1936年秋的一天下午，晏来香和十几个战友在金刚台西猫儿石一带碰到敌人搜山，由于前几天大家就体力不足，筋疲力尽，只好躲进一片树林里。然而敌人马上就向这片树林方向搜来，为了保护同志们，晏来香冲出丛林，朝着另外一个方向跑去引开敌人。最后，敌人追赶她跑到一处悬崖边，晏来香无处可走，为了不当俘虏，她毫不犹豫地纵身跳下悬崖，英勇牺牲。

这种舍己为人的壮举还发生在妇女排中一位初为人母的同志——张敏的身上：1936年冬天，金刚台下了一场历史上罕见的大雪。大雪笼罩了金刚台整座大山，红军妇女排因敌人严密封锁，缺吃少穿，只好挖草根充饥。山下敌人上山搜山，妇女排转移。曾少甫的爱人张敏怀抱着刚出生6天的婴儿，因为缺少奶水，孩子饿得直哭。为了不暴露目标，保护其他同志的安全，张敏将干瘪的奶头塞进孩子的嘴里，紧紧捂住，最终孩子窒息而死。敌人走后张敏仍搂着孩子冰凉的尸体不愿放下，她流着眼泪不停地重复着："孩子，不是娘不疼你，实在不能留你了！"同志们纷纷安抚张敏，流着眼泪，强忍悲伤将孩子的尸体埋葬。也就是在这场大雪中，在妇女排转移的过程中，由于大雪封山，再加上路滑、风大，当大家手拉着手、一步一步艰难地前进，商南县委书记张泽礼的爱人一脚踩滑，跌下了万丈悬崖，献出了自己的生命。

就在1937年春，在敌人的一次搜剿中，妇女排被冲散的那一次，妇女排里唯一的一位男同志老李，60多岁了，儿子当红军长征走了，老伴死了。妇女排冲散后，他和袁翠明排长，寻找史玉清、陈宜清等人，途中被敌人发现，老李为了掩护袁翠明被捕，敌人严刑拷问妇女排下落，他至死不说，一口咬定"没有人，就是我一个人。

要杀就杀，就是我一个人”，最后被敌人剖开肚子，割了头颅，壮烈牺牲。牺牲时还高呼“共产党万岁！”表现出在敌人面前宁死不屈的崇尚革命气节。

金刚台上的八姐妹

“红色女医官”范明，在三年游击战争中，在二十八军从事医务工作。艰苦的斗争，对每一个人都是一场极其严峻的考验。有时，粮食弄不到，整天饿肚子。夏天，虽然有蚊蝇叮咬，日子倒还好过，一到冰封雪裹的严寒，日子就更难挨了。棉衣棉被是根本没有的，棉鞋也谈不上，大家赤脚穿草鞋，顶多找块旧布将冻脚包起来，防止冻疮继续溃烂。1935年春夏后，红军的医院基本上不存在了，十多个医务人员化整为零，分散行动。因为是游击战争，流动性很大，医务人员困难更多，任务更艰巨。打仗时，她们要抢救伤员；部队休息，她们要安置护理伤员。敌人的“清剿”封锁，没有把她们难倒，反而磨炼了她们的意志。作为医务人员，能医治好伤员的伤，让战士们重返部队，就是她们最大的幸福。因此，她们总是尽职尽责，甚至把伤员的生命看得比自己的生命更宝贵，想方设法克服了一个又一个难以想象的困难。一次在飞旗山战斗中，范明冒着敌人的枪林弹雨，在阵地上抢救伤员，一颗炮弹打来，她头部负了伤，顿时失去了知觉。当同志们将她救下来时，她手里还紧紧地抓着绷带。

吴继春是红二十八军坚持三年游击战从山上走下来为数不多的女红军战士。1935年7月，吴继春所在的红二十八军后方医院由于叛徒的出卖，国民党突然偷袭了韭菜沟，院长林之翰和政委熊得安（女）组织同志们一面抗击敌人，一面分散突围，奋勇抵抗。战斗从拂晓一直打到下午4点多，医院20多人壮烈牺牲。政委被敌人打伤后又被剪去左耳，惨遭杀害；林之翰院长身负重伤，他爱人朱淑良也壮烈牺牲，吴继春随林院长连同他4岁的幼女林光明、看护和勤杂人员共19人一同被俘。在途中林院长通过观察得知偷袭医院的国民党军队是张学良东北军一一二师部队（当时张学良部队一般不杀医生和看护），林院长嘱咐她不要惧怕敌人的穷凶极恶，坚决不向敌人说实话，只说家穷吃不上饭到医院当看护，其他什么都不知道。所以吴继春在受审中始终咬定自己年龄小，当看护为了有饭吃。在军法处关了20多天，后关在黑牢里4个月，审问和拷打多次，没有暴露自己的真实身份，结果判了几个月的徒刑，罚做苦工。不管敌人怎么严审，吴继春从不向敌人屈服和妥协，敌人始终未从她嘴里得到任何有价值的口供，6个月刑满（1936年4月）她被家人保释出来。回到家中不久，红二十八军后方鄂东北道委会派便衣队胡明来看吴继春，让她在家中做革命工作，但不久又被敌人发现，她再次被捕，坐牢10天，经三次拷打审问，她始终咬定"我不知道"。后来国民党把其他人全部枪杀了，她也被押赴刑场陪绑。后被同族的一个叔叔吴典章（联保主任）保出来。7月，民团派十几个团丁带枪将吴继春抢去给民团的头头龚智富做老婆，她在婚礼上打闹，誓死也不跟他成亲，并砸伤了龚，姓龚的只好送她回家。回来后吴典章对她不放心，白天让她在家干活，晚上关在民团炮楼里。在8月的一个夜晚，鄂东北道委会又派胡明等同志带便衣队把她从炮楼里抢回部队，安排到鄂东北道委会医院工作。经历了两次被俘、坐牢，多次严审、拷打，又经历了刑场陪绑，更坚定了她的革命意志，使她明白了许多道理，她决心要加倍努力工作，用实际行动报答党和部队的恩情。

1936年的秋冬季，在国民党"清剿"下，红军医院的处境更加困难，部队整天处于游击状态，山上待不住就化整为零，有些医务人员被分配到主力部队，随军为伤病员医治，有些伤病员只能就地安置，女医务人员下山化装成老百姓，隐蔽在群众家里，吴继春当时安排在一老乡家做掩护，白天在田里干活，晚上回来给伤病员治疗，由于伤病员住得比较分散，她每天都要一村又一村、一家又一家地跑着给他们治疗。她最高兴的事就是能医治好伤员的伤，让他们重返部队。她总是尽职尽责，不知疲倦地工作，经过几个月的精心治疗和护理，先后有十多个伤病员伤愈后回到部队或便衣队继续参加战斗，打击敌人。

后来，范明、吴继春和妇女排的史玉清、袁翠明、彭玉兰、方立明、胡开彩、陈发新被人们誉为“金刚台上英雄八姐妹”。1937年7月，抗日战争爆发后，“金刚台上妇女排”编入新四军第四支队，开赴抗日战争的主战场。

金刚台满山上的足迹和弹迹，记载着妇女排的英雄业绩。金刚台的块块巨石，镌刻着烈士们的英名；金刚台的重峦叠嶂，记载着英雄们的壮举，她们的事迹在历史的长河中流传下来，永不磨灭。

红军的“干娘”

在湖北省麻城市顺河镇西张店老街，有一位名叫周兴荣的农家妇女。在革命战争时期，她有4个英俊威武的亲儿子，还有很多红军干儿子。后来，4个亲儿子全部英勇就义；红军干儿子中则有4个成了共和国的开国功勋。

1926年春天，一批青年知识分子加入了中国共产党的行列。为首的是王树声，其次是王宏坤、周希汉、张培荣等。他们在西张店地区进行革命活动时，与丈夫早逝的周兴荣结下了“母子”深情，这些年轻人都习惯地喊她为“干娘”。

不久，黄麻起义爆发。手举大旗的干娘二儿子王路儿和身背大砍刀的指挥员王树声，带着乘马、顺河、西张店的敢死队300余人，雄赳赳地加入了起义队伍。

“夺取黄安城！冲啊！杀啊！”黄麻起义胜利了！农民革命武装胜利了！王路儿却中弹牺牲。

1927年12月20日，在西张店的武家庙里，聚集着十多个正在开会的共产党领导人。突然，武家庙前的山道上传来敌人一阵阵人喊马嘶。大家迅速转移，王树声脱险后，躲避在王氏祠堂内。

夜已深了。干娘看着已睡下的老大道儿、老三宽儿、老四广儿，挂念起处在危难之中的王树声他们现在何方……

“咚，咚，咚”，街上突然传来奔跑声，紧接着又传来震天的嚎叫声：“抓住王树声！”干娘赶紧把门打开，一把将王树声拉进屋，藏进夹墙中。敌人紧追进来，“干娘”毅然让大儿子道儿站出来顶替了王树声，眼睁睁地看着自己的亲生骨肉被敌人五花大绑地押走了。“老东西，你敢出卖我王树声，看我饶过你不，等着我来收拾你这个老东西！”王道儿走时硬着喉咙歇斯底里边回头边向干娘的矮屋骂去。干娘眼睁睁地看着自己的亲生骨肉被五花大绑地捆走，她听着道儿的骂声，心里念叨着儿子的灵巧可让敌人信以为真，但内心深处又好似尖刀剧烈地刺痛着心肝，一阵又一阵地疼痛难忍，便昏倒在堂屋里。

老三宽儿、老四广儿疾速将母亲扶到床上，心情与母亲一样，一阵又一阵疼痛。藏在夹墙里的王树声此时知道干娘已让老大道儿顶替了自己，内心百感交集，他使劲推开夹墙洞门，走进干娘的房里，慌忙蹲在她的床前，焦急地低声呼唤：

“干娘！干娘！醒一醒啊，干娘！”

悲愤过度的干娘慢慢睁开双眼，直瞪瞪地望着王树声，眼泪又急涌而出。

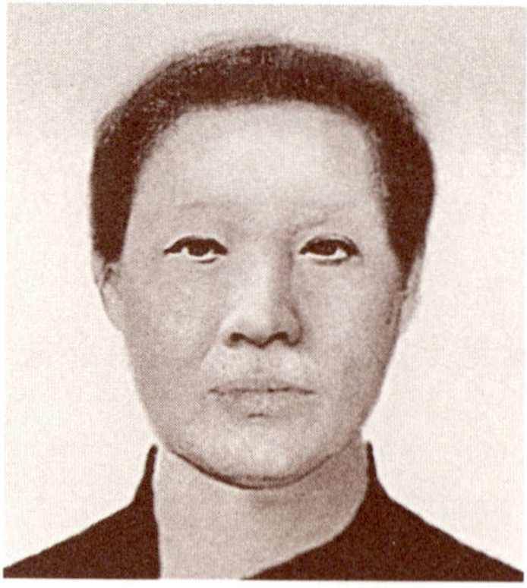

红军的“干娘”画像

“干娘，你好好歇着，我去救道儿兄弟！”王树声说完拔腿便走。干娘倏地起身，双手紧紧地抱住王树声：“干儿，再不能把你搭进去了。没了你，这儿谁来负责革命啊！依我看，你明儿再想办法看能不能救得出道儿了！”

老三宽儿、老四广儿也连忙跟着母亲说：“是啊，娘说的是，现在你去救哥哥等于是白白送死，明儿再从长计议吧！”

天慢慢亮了。王树声急速地赶往乘马，准备组织参加黄麻起义的敢死队员们前来营救王道儿。谁知敌人已经在西张店老街大河南面的沙滩上处决了“王树声”，而且把“王树声”的人头高高地悬挂在一棵大柳树上示众，旁边还贴着一张“安民告示”，告示清楚明白地写着：“共产党大头目王树声已被就地斩首示众，看谁还敢出来革命了！”

王树声听围观的人说，“王树声”在临刑前还高喊“共产党是杀不完的！”“二十年后，我王树声还是一条好汉！”“我王树声在阴间要看到你们的灭亡！”

王树声为“王树声”已经潸然泪下了。他低声对自己说：我王树声不是一条好汉！

王树声迅速赶往干娘家中，她已经昏死在床上，老三宽儿、老四广儿在旁边细心地照顾着母亲，王树声抱着头痛哭失声：“干娘啊，我今生怎样才能报答你啊……”

王树声又与老三、老四抱成一团，沉浸在一片泪海之中。

傍晚时分，干娘已在两个儿子的护理下苏醒过来。王树声嘱咐廖荣坤、周希汉、张培荣并留下了5个敢死队员，在干娘家守候着。待干娘醒来，王树声望着她憔悴的面庞，哽咽着，却是什么也说不出来。

干娘颤抖地将两百块大洋交给王树声，泣不成声：“声儿，这两百大洋是敌人赏我的，你们拿去买一副棺材把道儿给我葬在老二路儿的旁边，让他们兄弟俩在一起。剩余的你们留着日后作革命的费用吧！”深夜，在干娘的苦苦相求下，王树声带上老三宽儿去寻找队伍，后加入中国工农革命军第七军。1928年4月，盘踞在黄安的敌军横行乡里，到处捕杀共产党人。王树声奉命回师紫云、顺河与敌激战，全歼敌十师。王宽儿在战斗中英勇顽强，连中数弹，壮烈牺牲。

5月的大别山，杜鹃火红。红七军在鄂东建起第一个军需工厂。厂长由红七师师长王树声兼任，干娘的四儿子王广儿来到厂里工作。

转眼到了1930年的秋天，王树声等红军指战员根据上级指示，率领部队南征北战。从此，和干娘失去联系。

两年后，干娘的四儿子王广儿被还乡团残酷杀害，剩下她一人形单影只、孤苦度日。

新中国成立后，干娘没有想到，当年她的红军儿子都成了将军。王树声成为大将，王宏坤成为上将，周希汉成为中将，张培荣成为少将。将军们没有忘记这位革命母亲。1951 年，王树声率领中央慰问团和电影放映队来到苏区，最先踏入干娘家，并把电影安排在干娘家的门前放映，王树声亲自陪伴她把电影看完。后来，慰问团到各地放映电影，王树声特意安排用担架抬着干娘一路观看。听干娘说耳朵里老是嗡嗡响，王树声又专门买了一对金耳环给她戴上。

将军们还惦记着干娘的冷暖，周希汉中将千里迢迢寄来一件皮袄，给她御寒。

没有老夫相伴，没有儿孙绕膝。寂寞时，干娘经常抚摸着耳环和皮袄，想念着她死去的亲儿子们和活着的红军干儿子们。1959 年6月，干娘在大山深处的西张店老街低矮的房子里，默默走完了她艰难而伟大的一生。

永不凋谢的红杜鹃——肖国清

"生的伟大，死的光荣"，是毛泽东为不怕牺牲的15岁的女共产党员刘胡兰题的词。毛泽东给予了刘胡兰以崇高的评价，使烈士的英名远扬，精神不朽，成为中国家喻户晓的学习榜样。

其实早在刘胡兰牺牲之前14年，1933年的8月，就有一位和刘胡兰一样年轻、一样英勇的共产党员——肖国清，为革命献出了宝贵的生命。

肖国清是新县箭厂河乡人。10岁那年，肖国清那天生的好嗓子引起了当地革命领导人吴焕先的注意，被吸收成了革命队伍的一名宣传员，参加了革命工作。之后，吴焕先让肖国清到设在吴氏宗祠的列宁小学上学，还当上了儿童团长。

肖国清在列宁小学中接受了革命教育，她明白了穷人为什么会受穷，她知道了中国有一个党，叫共产党，专为穷人翻身求解放着想。她最尊敬的共产党人是吴焕先，因为她从乡亲们和列宁小学的教师口中得知，吴焕先为了革命，烧毁了家中的地契，家中6口人被国民党反动派杀害。她决心也要像吴焕先那样，全心全意为革命。

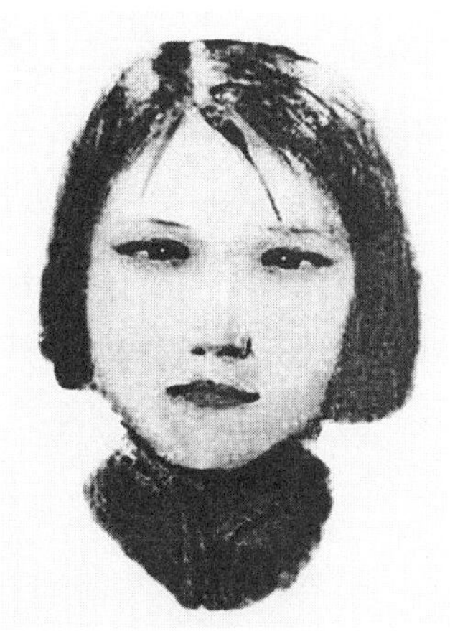
肖国清画像

11岁的时候，她光荣地加入了中

国共产主义青年团。

14岁的时候，她担任了箭厂河乡的共青团书记，并加入了中国共产党。

从此，肖国清自觉地把自己和党的事业连到一起。她走村串户，动员农民，宣传革命；她乔装打扮，深入敌穴，侦察敌情；她巧改歌词，放歌传信，向游击队传递消息，游击队根据这些消息，一次次打了胜仗，一次次化险为夷。

1933年8月，红二十五军在七里坪战斗失利后转移到了皖西一带。嚣张的清乡团长易本应带着队伍耀武扬威地反扑了回来。在激烈的突围战斗中，肖国清为了掩护群众撤离，不幸落入清乡团手中。易本应亲自上阵，对肖国清先是利诱，后是威吓，要肖国清说出游击队的下落，交代谁是共产党员。易本应看到还是孩子的肖国清，以为一骗一吓，就会让肖国清屈服。

可敌人打错了算盘。别看肖国清小小年纪，可受党的教育已有5年了，革命斗争的烈火早已让她练就了钢铁般的意志。面对敌人的威胁利诱，肖国清要么冷笑，要么只有三个字："不知道！"

残酷的敌人恼羞成怒，兽性大发。易本应命令打手将肖国清的头发一缕一缕的拔下，头发拔光了，鲜血从头皮上流下。肖国清咬紧牙关，冷笑不止。易本应又命令打手用竹签一根根的钉入肖国清的手指。十指连心哪，肖国清痛得昏死了过去，敌人用凉水将她泼醒。醒来时，她回答敌人的，还是那斩钉截铁的三个字："不知道！"

敌人无计可施，就用死威胁肖国清。他们将肖国清带到王边村的一块地里，易本应咬牙切齿地说："小共产党，难道你就不怕死么？再不说出游击队在什么地方，就活埋了你！"肖国清望了一眼脚下已挖好的深坑，毫不犹豫地纵身跳了下去。

易本应的眼气的血红，他命令刽子手们将土向肖国清埋去。肖国清却亮开了歌喉：

“起来，饥寒交迫的奴隶，

起来，全世界受苦的人……”

歌声在野菊怒放的旷野中回荡，杜鹃花却在这不该开放的秋日里映红了山梁，并且一年又一年，这里的杜鹃花总是比别处的杜鹃花开得更红，更艳，时间开得也更长。在人们的心中，肖国清永远是只有16岁的青春少女，是朵永不凋谢的红杜鹃。

大别山的女英雄——晏春山

晏春山，女，1893年出生在湖北黄冈（今新县郭家河乡）一个贫苦农民家庭，十多岁就到纱厂当童工，后与码头工人潘家年结为患难夫妻。

1927年，鄂豫边革命活动发展迅猛，相继建立了农协会、党小组和农民武装，晏春山举家搬回老家，一边务农，一边参加活动。同年加入中国共产党，为柴山保根据地的建立和白沙关万人暴动做了大量宣传工作，先后担任过妇联主席和党支部书记。在根据地被敌人封锁的艰苦时期，她征集物资，收搜情报，照顾伤病员，带领当地妇女开展大量革命工作。1935年5月，在领导妇女开展活动时，不幸被国民党“清剿队”逮捕。敌人妄图从她口中得知党组织的线索和红军驻点，对她用尽百般酷刑，她铁嘴紧锁，纹丝不动。后佯装带敌人上山找游击队时，纵身悬崖，壮烈牺牲，时年40岁。

现如今，在郭家河乡，当年晏春山就义的大花台山崖边，树立了一座丰碑，永远怀念先烈的英雄事迹。

大别山的“支红模范”

1926年冬，北伐军攻克武汉以后，党组织动员了很多思想先进的工人、青年学生，回到农村去宣传革命。晏春山和丈夫响应党的号召，一起回到河南新县郭家河潘湾。不久，他们便同当地党组织负责人阮德成取得了联系。在党组织的教育和培养下，她进一步懂得许多革命道理，自觉地为党工作。由于提高了阶级觉悟，她于1927年冬，在郭家河附近的杨家洼加入中国共产党。从此，她便在潘湾一带积极开展革命活动。

晏春山画像

1928年5月，工农革命军第七军开辟柴山保（郭家河属于柴山保地区），晏春山不分昼夜地协助革命军，为建立和巩固这块根据地积极工作。1929年7月1日鄂东特委发动柴山保附近的万余农民举行了“白沙关暴动”，晏春山和其他党的负责同志一起，带领潘湾一带的贫苦农民奋勇参战。白沙关解放后，她担任光山县弦南区第四乡妇联主席，负责妇女和扩大红军宣传工作。

从1931年开始，为了尽快发展红军的武装力量，中央政府先后发出了一系列扩红指令和号召。1931年11月，苏区党的“一大”通过《红军问题决议案》，指出：“要在有基础的群众中做扩大红军运动，以宣传鼓动经过群众路线的方法，吸收最勇敢的工人、雇农、贫农及可靠的中农分子到红军中来。”苏维埃实行的是全民皆兵政策：根据年龄、性别和身体状况等条件将7~50岁（有的地区是45岁或55岁）的男女（病残者除外）编入各自不同的社会组织。实行半军事化管理，有赤卫队、少年先锋队、童子团、纠察队、红军预备队、区特务营、红军独立团等。各组织的成员平时除劳动、学习外，还要轮流站岗放哨、检查路条、分派勤务，并定期参加军事训练和政治教育，战时则支援前线或配合红军主力部队作战，成为各苏区的地方红色武装。晏春山就是其中积极工作的一员，她吃苦耐劳，经常翻山越岭到各村寨开展宣传、动员工作，还组织广大妇女积极拥军支前，为迅速扩大红军奠定了思想基础。她明白宣传工作是

"红军中的第一个重大工作"，在革命战争中，"一张传单的效力，要胜过十万枪炮的射击"。红四军第九次代表大会的决议案就明确指出宣传工作是完成革命任务的一项重要工作，认为"离开了群众的宣传、组织、武装和建设革命政权等项目标，就失去了打仗的意义，也就是失去了红军存在的意义"。在晏春山的努力下，参加红军的人数不断增加，出现了一幕幕"父母送子上前线，妻子送郎上战场"的动人情景，那首在苏区广为流传的新县民歌《送郎当红军》正是那个时期所创作的，以其质朴的词曲、优美感人的旋律至今仍在广大人民中间传唱。1931年冬，晏春山所在的第四乡就有一批30多个青年参加了红军，晏春山因此被称为"支红模范"！

红军的"革命母亲"

1934秋，红军主力先后撤离了鄂豫皖根据地，接着敌人便疯狂地对根据地人民进行反扑，实行"民尽匪尽"的方针，提出"驻尽山头，宰尽猪牛，见人就打，鸡犬不留"的反动口号。党组织只得转入地下活动，斗争更加艰苦。这时，晏春山担任潘湾党支部书记，她按照党的指示，一面隐蔽主力保存实力；一面积极组织群众，配合游击队继续坚持革命斗争。当时她的丈夫潘家年已经参加了红军，随部队转移，家中只有一位80多岁的老母亲和3个幼小的孩子，生活十分困难。但是，晏春山冒着白色恐怖的威胁，不顾家庭的困难和个人安危，毅然肩负起党支部书记的重任，带领党员、群众，密切配合鸡公寨和郭家河一带的两支游击队坚持对敌斗争。

国民党反动派妄图切断游击队和群众的联系，强令群众合乡并村。敌人知道晏春山的丈夫是红军，就把晏春山列为重点监视对象，强迫她迁到周湾去住，并放火烧毁了她的家。敌人的残暴更加激起晏春山内心的无限仇恨，使她坚持斗争的意志更加坚定。她经常化装成卖烧饼油条的小贩，来往奔走于七里坪、潘家河、郭家河之间，进出于敌人的巢穴为红军游击队搜集情报，散发革命传单，帮助游击队照看伤病员和购买粮食、药品。在白色恐怖下，地下党的工作虽然非常困难，但由于晏春山对革命事业的忠诚和出色的工作，革命群众团结一心，为红军游击队刺探敌情，购买药品，联络消息，掩护伤员，做了许多工作，因而她被称为“革命母亲”，也因为有了晏春山这样对党忠诚的支部书记，潘湾被红军游击队称作“革命堡垒湾”。

大别山红军的保护神

1934年秋，国民党军队对苏区进行残酷的“围剿”，苏区的党组织和苏维埃政权遭到了严重破坏，革命活动艰苦卓绝。这一时期，晏春山主要负责开展游击活动，掩护地下党和红军部队。一次她佯装在敌人据点卖香烟时，探听到郭家河的敌人准备偷袭红军在卡房仰天窝的鄂东北道委和游击队的驻点。她心急火燎，连夜翻山越岭，绕过敌人的层层封锁线，及时将消息通知道委和游击队，致使敌人扑空了，为红军转移赢得了宝贵的时间。

还有一次，红二十五军撤离大别山时，上级党组织把隐蔽在一处秘密岩洞里的伤病员交给晏春山掩护。除了积极组织群众上山送粮、送药、送盐外，为了增加伤病员的营养，以便他们早日康复，回归部队，她还在敌人眼皮底下，巧妙地给红军伤员送了两头猪。在那个兵荒马乱的年月，猪肉是很少有卖的，别说是两头猪了，晏春山拿出自家仅有的几块银圆，又动员群众捐了些银两，通过给两家喂猪、准备给孩子操办婚事农户做思想工作，才买下两头猪。可是屠夫哪里找呢？怎样躲过敌人的盘查把肉送进山里呢？难题一个接一个。晏春山左思右想，找到自家娘家的堂叔来帮忙，先是让他写好一张张纸条，“欠张三猪肉3斤，欠李四猪肉5斤……”反正都是欠偏远山村的，在当时，偏远山村的人很少赶集，总是先交些钱，等有肉了，屠夫集中送。然后把欠条送到各户，并对好口。这边开始屠宰，按欠条切好块，并一一写上标签。挑着担大摇大摆地通过敌人的检查站，果不其然，敌拦住盘问，还派人一路对质，因为事先准备充分，一一都对上口了，销毁了欠条，敌人只好作罢。到了晚上，晏春山就组织革命同志重新收集猪肉，连夜送进山里。

晏春山多次在紧要关头掩护红军部队，救治了大批红军伤病员，被誉为“红军的保护神”。

惊世一跳铸英雄

1935年5月17日，由于叛徒告密，晏春山不幸被捕，敌人把她带到郭家河匪军团部，进行审讯和拷打。敌人对她用尽灌辣椒水、上压杠、钉竹签、烙铁烧等各种酷刑，妄图从她嘴里得到地下党和游击队的情报。然而，晏春山坚贞不屈，大义凛然，她忍受着极度的痛苦，怀着坚强的信念：我是一个共产党员，决不能在敌人面前丢脸，为了保存革命力量，保守党的机密，就是粉身碎骨也在所不惜！她守口如瓶，丝毫没有暴露组织的任何情况，弄得敌人一筹莫展，无计可施。敌人对她并不死心，竟以死相威胁。一天，万恶的敌人反绑她的双手，威胁说：“今天要你带我们去寻找游击队，要是能找到就立刻放你回去，你的孩子还正等着你哩，要是找不到游击队的话你就别想回去了，就用石头把你砸死在山上。”面对凶恶的敌人，晏春山坚强不屈，对敌人的威胁嗤之以鼻。她面不改色，迈着坚定的步子朝山上走去，后面跟着一大群荷枪实弹的匪兵。晏春山从容地走在山头：郁郁群山，葱茏苍翠；道道流水，清澈澄碧。多么熟悉的山水，多么可爱的家乡！她心潮澎湃，思绪万千。望着眼前那一片片被敌人烧塌的房屋，一群群面黄肌瘦的难民，胸中不禁怒火燃烧，热血沸腾！大好的河山，勤劳的人民，竟惨遭蒋匪如此蹂躏！她坚信这种日子不会长久，革命一定能够成功，穷苦人民一定能够得到翻身解放！她，一个普普通通的劳动妇女，是党培养教育了她，她是党的女儿，她对党的事业怀着坚强的信念，她只是惋惜不能亲自将革命进行到底，不能亲手建设社会主义家园。然而，她深深懂得革命的胜利是要用鲜血和生命换得。今天，党需要她这样做，为了保护革命力量，为了同志们的安全，死得其所，死的光荣！

她从容地走着，极目凝视着山山水水，眼睛里流露出依依不舍的神情，似乎在说："永别了，亲爱的同志们，乡亲们！永别了，可爱的家乡！"她毫不犹豫的领着敌人，大步朝着远离游击队驻地的鸡公寨走去，当她走到大花台崖顶时，转身面对群敌，昂首挺胸，怒目而视，愤怒地说："狗强盗，吃人的野兽，你们的日子不会长久的，共产党人是杀不绝的，红军游击队就在这崖下边，跟我一块去找吧！"接着高呼："中国共产党万岁！红军万岁！"便纵身跳下悬崖，壮烈牺牲！她这一跳，深明大义，气壮山河，铸就了永恒的英雄。

晏春山，这位大别山区普通女共产党员，为无产阶级革命事业谱写了一曲悲壮的英雄之歌，她用鲜血和生命诠释了革命者坚守信念、威武不屈、视死如归、不怕牺牲的共产党员精神内涵，她是大别山区无数革命英雄的杰出代表。人们将永远纪念这位伟大的大别山"支红模范""革命母亲""红军的保护神"——晏春山。

粗枝大叶就要害死人

刘伯承，四川省开县(今属重庆市)人，中国人民解放军创始人和领导人之一，马克思主义军事理论家，中华人民共和国元帅。

1947年七八月间，中国人民解放军晋冀鲁豫野战军（刘邓大军）遵照党中央和毛泽东的指示，强渡黄河，千里跃进大别山，揭开了人民解放军由战略防御转入战略进攻的序幕。

1947年8月26日，刘伯承、邓小平率领中路大军赶到了淮河北岸。这时，蒋介石已窥探到刘邓大军千里跃进大别山的战略意图，日夜督促国民党军加紧追击，距离刘邓大军越来越近。淮河成为刘邓大军千里跃进大别山生死攸关的最后一道关口。

淮河发源于河南省南部的桐柏山，流经豫、皖、苏三省，在中原是条大河。每年的5月至10月汛期到来时，淮河水流湍急，涨落不定。刘邓大军南进到淮河时，前两天刚下了急雨，宽宽的河面上更是浊浪翻滚，时涨时落。敌十几个师和旅紧紧地跟在后面追上来了，其一部已经到达彭店，离淮河仅30公里，并正在猛烈地向后卫部队进攻。先刘伯承、邓小平一步赶来指挥渡河的参谋长李达一面指挥部队用找来的十几只小船渡河，一面指挥部队继续寻找船只和架桥的地方。然而，到了8月27日2时，原计划渡河的部队，实际上连一半都没渡完。这时，刘伯承、邓小平赶到了淮河岸边，在岸边一间小屋举行紧急会议。

李达把渡河进展情况汇报完后，刘伯承一直在沉思。一会儿，刘伯承忽然抬起头，看着参谋人员问："河水真的不能徒涉吗？"参谋人员说："河水很深，不能徒涉。"口气非常肯定，并说，团里和旅里都派人侦察过了，都说不能徒涉。淮河不但不能徒涉，就是架桥也很困难。紧急关头，邓小平果断地说："伯承同志先过去指挥部队作战，际春同志一同过去掌握。我和李达留在这里。李达指挥部队过河，我指挥部队阻击尾追的敌人。"刘伯承立即站了起来，斩钉截铁地说："政治委员说的就是决定。立即行动！"

第二天，天刚刚亮，刘伯承手里拿着一根长长的竹竿，带着几名警卫来到渡口边，上了船。船一离岸，刘伯承就用竹竿不停地试探着河的深浅。一会儿，河中忽然传来了刘伯承的声音："李震同志，能架桥呀！我试过好多地方，河水都不大深呀！"又大声地喊："告诉李参谋长，叫他坚决架桥！"刘伯承还不放心，又写了一张"河水不深，流速甚缓，速告李参谋长架桥"的纸条，派警卫员送给正在指挥部队渡河的李震。

刘伯承

李震向李达传达刘伯承的命令后，乘船也渡过淮河。刘伯承看见李震来了，立即问道："布置架桥工作没有？"李震忙说："李参谋长已经按照执行了！"

刘伯承还不放心，又叫李震用他的名义写信给李达，要想尽一切办法，坚决迅速架桥，在每个字的外面再加上圆圈，以示强调。李震写完信，念给刘伯承听了一遍，刘伯承说："在那圆圈的外边再套一层圆圈，要叫我们干部注意才行！"

信送走了。刘伯承看着李震，严肃地说："粗枝大叶就要害死人！"又用那根长竹竿在地上重重地顿了一下，重复说："要害死人！"

李震惭愧地低下了头。后来，李震回忆说："我静静地站在他那魁梧的身前，他那永远显着和蔼的面孔，一直沉在严肃里，他的话一字一句像千斤重锤打在我的心上。”

半夜时，十八旅副政委刘昌带着直属队用竹排渡过了淮河，在南岸建立了一个指挥所。就在刘伯承让李震向李达传达架桥的命令时，刘昌看见马夫和喂马的战士来了。刘昌警觉地问道：“你们怎么过来了？”马夫是个小个子四川兵，说：“我会水，水刚到嘴边，过来的。”刘昌大喜，忙从日记本上撕下一张纸写了张便条，让马夫赶紧给李震汇报，说这里可以过来。这时，李震也接到了五十三团的报告，说是他们团一个马夫牵着马徒涉过了淮河。

李震高兴地咧开嘴笑了，赶紧写纸条让通信员快马加鞭赶去报告刘伯承。纸条刚写完，刘伯承的警卫员骑着马气喘吁吁地赶来了，送来了刘伯承一封信，说他亲自看见上游有人牵马过河，证明淮河完全可以徒涉，让李震赶快转告李参谋长，不要架桥了，叫部队火速从上游徒涉。在李达指挥下，部队迅速组织徒涉，在浅水区放上浮标，很有秩序地排成四路五路六路，很快渡过淮河，进入大别山。

当国民党军第八十五师师长吴绍周带领追兵赶到淮河渡口时，命令部队也立即徒涉，不料人马一下水，还没到河中心，就被河水卷走了。吴绍周忙让部队停止过河，望着淮河，不禁仰天长叹：“共产党啊共产党，真有命，刚刚过去，水就涨了！”蒋介石得知刘邓大军已进入大别山，狠狠地斥责国民党军将领：“各部队行动，迟慢不前，屡失良机，任匪军平安渡过淮河，进入大别山，此为我革命军人之最大耻辱。”

多年以后，邓小平回忆这次挥军渡淮时仍十分自豪：“过去没有人知道淮河是可以徒涉的，那一次刚涨起来的水又落下去了，伯承亲自去踏踩，恰好就是那个时候能徒涉，这就非常顺利了。”

刘伯承、邓小平率领刘邓大军进入大别山后，经过三个回合的艰苦斗争，终于在大别山站稳了脚，胜利地实现了毛泽东所预计的三个前途中最好的前途，完成了党中央所赋予的伟大战略任务。

打仗从来不怕死的叶泰清

叶泰清

叶泰清(1913—2008),河南省信阳县人。1935年3月参加中国工农红军,1937年10月加入中国共产党。历任红二十八军手枪团班长,新四军四支队连指导员、教导员、营长,新四军二师十团参谋长、副团长、团长,山东野战军二纵十团团长,华东野战军二纵四师参谋长,第三野战军二十一军六十一师副师长,六十三师师长,中国人民解放军二十一军副军长,二十五军参谋长,中朝联合空军司令部副参谋长,军委防空军高炮指挥部参谋长,防空军第一军副军长兼参谋长,空军第五军副军长,南京军区空军顾问。1961年晋升为少将军衔。荣获三级八一勋章、二级独立自由勋章、二级解放勋章和一级红星功勋荣誉章。2008年去世,安葬在雨花台功德园。

"我打仗从来不怕死!"叶泰清的这句话,让他的子女直到今天听来,仍感觉震撼人心。

鲁南、莱芜、孟良崮、淮海、渡江、解放杭州……叶泰清率部参加的战役不计其数。正是他从不怕死的大无畏精神,让他能够七次死里逃生,立下了赫赫战功。

而在战场以外,叶泰清高尚的人格魅力也在潜移默化地影响着他的子女们。

继承二哥遗志参加革命

叶泰清1913年出生于河南省信阳县浉河港王家墩一户贫农人家，父母带着5个孩子靠租种地为生，一家生活贫困。叶泰清是家里的老幺，在他15岁那年，二哥叶兴夏参加共产党领导的四望山农军暴动失败，被国民党逮捕枪杀，壮烈牺牲。叶父悲痛吐血，叶母日夜哀哭，不久去世。这件事对少年叶泰清的影响也非常大，他暗暗立誓，一定要继承二哥的革命遗志。

1933年，鄂豫皖苏区已经发展到他们家乡数十里以外，常有红军打土豪、分田地的消息传来，这让叶泰清非常向往。那时他在做活时，结识了一位与红军有关系的泥瓦匠，把他带到鸡公山与红军接上了头，叶泰清开始做提供情报、带路打土豪的工作。他的革命道路由此开始。

两年后，因为身份暴露，叶泰清遭缉拿，他深夜出走，到红二十八军九路游击师参军入伍。向家人告别时，父亲黯然地说："你记得你二哥是怎么死的吗？"这一句话意味深长。父亲既是担心叶泰清的安危，又希望他继承哥哥的遗志。

三年游击战争没睡过一个安稳觉

叶泰清入伍后，在9路游击师便衣队、3路游击师手枪队、鄂东北独立团手枪队、红二十八军手枪团任班长，转战于大别山的崇山峻岭间，参加了三年艰苦卓绝的南方游击战争。

毛泽东曾说，中国革命有三大艰苦：红军长征、东北抗联和南方游击战争。南方游击战争牵制了大量国民党军，在战略上配合了主力红军长征，粉碎了十万敌军的无数次"清剿"。

叶泰清的子女们回忆父亲曾跟他们描述的游击战争，"就是在敌人鼻子下面跟其周旋，非常危险，在一个山头不会超过三天，神出鬼没地打击敌人，三年当中没有睡过一个安稳觉"。

红二十八军手枪团，共有300多人，每人配备一长一短两支枪，可以说，是我军最早的“特种部队”，叶泰清在战争中表现得既勇敢又机智。

1937年7月5日的湖北孝感杨店伏击战，团里组织27人要去杨店打土豪。接近杨店时，队伍在道旁丘陵休息。叶泰清和副班长化装成老百姓在附近侦察，忽然与两个敌军的侦察兵相遇。他大胆地上前问话，出其不意地将敌人俘获，问出口供得知敌军一个营的队伍企图“围剿”红军，正在杨店休息。团长当即布置就地伏击，结果取得了27人歼灭敌人一个营的胜利。

抗日战争开始后，红二十八军整编为新四军四支队。叶泰清在1939年调任四连指导员，当时这个连思想不稳，叶泰清到任后，狠抓生活、思想和学习，稳定了军心。他在改善生活方面非常有办法，那时，粮食不够吃，战士们一天只吃三顿稀饭。叶泰清决定改为两顿干饭，然后将战士们的菜金收集起来买猪，这样不仅可以有肉吃，还可以炼猪油，使得战士的饭菜里有了油水，既节约了粮食，又保持了战斗力。这都是他小时候贫困生活的经验积累。

接着团部又调他任三连指导员。起初，战士们看到外表儒雅的叶泰清，认为他根本不会带兵打仗。叶泰清没有多说，而是在战斗中身先士卒，指挥有方，很快就扭转局面，战士们说起叶泰清来，都知道他“很能打”！

叶泰清带领的这支连队，发扬了过去红军连队打仗过硬的优良传统，成为团里的战斗模范连。

带兵打仗七次死里逃生

八年抗战，叶泰清打过无数胜仗。他先后任七团三营教导员、一营营长、三营营长等职。皖南事变后，四支队整编为二师四旅。1942年他参加十天反顽斗争，率部埋伏在敌人的必经之路上，自己化装成拾粪农民，四处瞭望，不久敌人果然来了，他果断出击，打

解放战争时期的叶泰清

得敌人措手不及，狼狈逃窜。连续作战十天后，重创敌人。

解放战争期间，叶泰清担任了山东野战军二纵十团团长，该团一直是二纵的主力红军团，参加了两淮保卫战、宿北战役和鲁南战役。

1947年2月的白塔埠战斗，由十团和十二团主攻。位于连云港西的白塔埠，是敌军四十二集团军司令郝鹏举的总部及所属4个师的驻地。叶泰清当晚率部首先猛攻外围的马小圩子，歼敌一个团，接着一鼓作气又攻下邻近的东小圩子，俘敌700余人。白塔埠敌人闻风丧胆，纷纷突围潜逃。师部立即发起总攻，直逼敌总部，全歼四十二集团军。当晚又奉命北上，参加了莱芜战役。随后10月的胶河战役大捷，扭转了整个山东战场的局势，我军从此转入了战略大反攻，迫使敌人陷入被动防御的困境。到1948年2月时，华东野战军（山东野战军与华中野战军合并）二纵南下华中，组建苏北兵团，牵制了大别山之敌，减轻了刘、邓大军所承受的压力。

1949年4月，任第三野战军二十一军六十一师副师长的叶泰清参加了渡江战役，在安庆东段渡过长江天堑，随即奉命兼程南下，直插杭州，切断逃敌退路。他们穿越浙皖边境，取道天目山，解放了杭州。敌人逃跑时匆忙炸毁钱塘江大桥桥面，他立即找来工程师组织抢修。随后部队继续南下追击残敌，一路解放萧山、奉化、福州、舟山等地，势如破竹。

而在这赫赫战功背后的是叶泰清七次死里逃生，先后三次负伤。

“父亲跟我们说过，战争中生死就在一瞬间。淮海战役时，父亲受伤，就在医生为他包扎时，他提出不包了赶路要紧，结果他们刚走，山头就被炸了；还有一次夜里行军，不小心中了敌人的埋伏，走在前面的指导员中弹牺牲，并排而行的父亲逃过一劫；还有一次，他们在开一个会议时，座位被敌人的机枪打穿了……”子女们想起父亲回忆战争岁月时的话，眼中泛起了泪光，父亲的这种大无畏精神，带给他们的是恒久的震撼和崇敬。

告诫子女打仗不能怕死

新中国成立后，叶泰清调任二十一军副军长、二十五军参谋长，1952年随着二十五军编入空军，组建空四军，叶泰清任首任参谋长。1953年他参加了抗美援朝，任中朝空军联合司令部副参谋长，一直到朝鲜战争停战。回国后，他担任防空军第一军副军长，保卫祖国领空。那时，在孩子们的眼中，家中很少有父亲的身影，上班、开会、值班、下部队，一有敌情父亲就要出去……

四个孩子成年后先后参军了，但是父亲从来没有利用权力，为他们办过一件事情，子女们都是靠个人拼搏，本本分分地做好自己的工作，“这就是一种潜移默化的影响，父亲并没有说过这个不许那个不许，但是父亲自己以身作则，我们早已形成了习惯”。

20世纪70年代初，部队战备紧张，父亲跟在部队的子女们说：“我打仗从来都不怕死，我的子女也不能怕死。”父亲淡淡的一句，这里面蕴含的是父亲的信念，“父亲是个一身正气，两袖清风，无私无畏的人！”子女们回忆说。

骁勇善战的李迎希

李迎希

李迎希是我军善打硬仗、恶仗的高级指挥员，每次都能很好地完成所承担的任务。在他的身上较好地体现了我军特别能战斗、特别能开创局面的作风。

李迎希，河南省商城县人，幼年上过3年私塾，后因家境贫寒而辍学，1926年参加农民运动。1927年大革命失败后，其父母、兄弟先后被地主豪绅和反动民团杀害，李迎希躲到舅父家才幸免于难。1929年参加农民暴动，同年加入中国共产党。

1948年7月，豫东战役结束后，华东野战军准备发起济南战役，担任攻城任务的山东兵团将指挥华东野战军近一半的兵力，需要一个得力的人来担任这个兵团参谋长。于是，粟裕想到了刚结束养病的李迎希。

粟裕认识李迎希时间不长，但经过多次大战，看出李迎希这个人精通战术，作风过硬，特别是能够坚决贯彻战役的意图和决心，是个打大仗的好材料。粟裕将这个想法告诉了野战军副政委兼山东兵团政委谭震林。谭震林说："我不大了解这个人，但如果你认为他能胜任，我没有意见。”于是，粟裕派警卫员将李迎希叫到指挥部。粟裕对李迎希说：“原来华东局安排你去九纵队任副司令员，现在，我们打算让你去山东兵团当参谋长。”“不行，不行。”李迎希脱口而出，“第一，山东兵团这么大个摊子，我能力有限，怕担不起这个担子；第二，我不愿意干参谋长这个工作。”

粟裕耐心地说：“中央要求我们八九月份攻克济南，将由山东兵团负责攻城，安排你去当参谋长，自然是组织相信你能胜任这个工作。再说，许世友养病未回，大量的战前准备工作需要人去做，你应勇挑重担才是。”“只要组织需要，我当然服从安排。但我不愿意当参谋长，希望打完济南后，还是放我下部队。”粟裕笑道：“说来说去，就是不愿意当参谋长，那好，我答应你的要求。”

1948年9月24日，中国人民解放军胜利攻克济南城。

10月中旬，华野在曲阜召开纵队以上干部会议，研究制定淮海战役作战方案。会议期间，李迎希提醒粟裕不要忘了济南战役前的“约定”。粟裕也不失约，会后李迎希就接到去十三纵任副司令员的命令。当李迎希收拾行装准备去十三纵上任时，谭震林找李迎希谈话，不同意他离开。李迎希说：“我有野战军的命令，让我去十三纵。”谭震林说：“我是野战军副政委，我不同意这个命令。粟司令那边由我去说，野战军可以收回成命。”谭震林继续解释说：“目前大战在即，许司令离开兵团去养病了，今后在军事方面由你协助王建安副司令员，政工方面有谢有法主任帮助我，咱们这个班子就算齐了。你要走了，岂不是成了三缺一？”经过济南战役，谭震林十分喜欢这个军事经验丰富、工作踏实且个性直率的同志。就这样，李迎希继前次被粟裕说服去山东兵团上任，这次又被谭震林挽留，继续当山东兵团参谋长。在淮海战役中，山东兵团很好地完成了作战任务。

1950年11月下旬的一天，李迎希接到野战军司令部的通知：立即到上海见陈毅司令员。在前往上海的路上，李迎希感到纳闷：如果是要自己汇报军事工作，应该是去见粟裕副司令员或张震参谋长，为什么陈老总要直接见自己？猛然间，李迎希想到志愿军刚刚入朝作战，是不是要抽调自己去朝鲜战场？想到此，不禁兴奋起来：美国佬总以为自己了不起，这次要狠狠教训它。

李迎希到达上海，立即赶到陈毅办公室。陈毅见李迎希来了，寒暄几句后，说："军委要我们三野派个得力的干部，去组建军委工兵。我们的意见是让你去，去当工兵副司令员。"当李迎希拿不懂工兵技术，表示不想去时，陈毅脸沉下来，严肃地说："现在朝鲜战场急需工兵支援，组织决定你去，你不去也得去！""既然你这样说，我就去。"李迎希这个人对上级一向有话直说，对自己信任的领导更是不忌讳。但作为军人，他当然不能违抗上级命令。陈毅笑道："这就对了。你去，有困难找我，要人给人，要钱给钱。"其实，李迎希内心想的是："工兵不打仗，叫我去干什么？"

12月3日傍晚，李迎希一行到达北京。6日主持军委日常工作的周恩来总理接见了李迎希。周恩来指出：在以美国为首的"联合国军"占有绝对制空权的情况下，加之朝鲜山多河多的地形，战场上的工程保障和后方道路的通畅极为重要，需要工兵的密切配合。周恩来指示李迎希立即以军委司令部的名义展开工作，担负起保障前方和兵种建设这两大任务。周恩来说："任务是艰巨的，困难也会不少。你是军队的老同志，陈老总推荐你来，我们相信你能够胜任。有关问题找聂代总长解决，或直接向我报告。"就这样，中国人民解放军工程兵兵种在李迎希手中建立起来。

1955年，李迎希调任武汉军区任第一副司令员兼参谋长。武汉军区是一个新成立的军区，不像有的军区可以接收原大军区现成的指挥系统，一切都要从零做起。而李迎希作为第一副司令员兼参谋长，又分管作战、行政、后勤，几乎是事无巨细都要处理，付出了大量心血。

1981年5月22日，李迎希在武汉病逝。

新四军五师营救美军飞行员

抗日战争时期，新四军在坚持武汉外围抗战的同时，参加了配合盟军的对日作战。

时光追溯到1944年，中国人民的抗日战争已渐渐转入反攻阶段，美驻华空军第十四航空队（即俗称的“飞虎队”）亦加紧了对日军占领的武汉等战略要地和平汉、粤汉等交通运输线的轰炸和打击，一些不幸被敌机、敌炮击中的“飞虎队”战机不时坠落在武汉近郊——新四军第五师开辟的鄂豫边区抗日根据地内。

5月6日，美军飞行员莱威士驾机轰炸武汉日军目标时，因飞机被日军击伤，跳伞降落在监利县周老咀一带，被新四军第五师第三军分区军民救起。5月8日，新四军第五师在同一地区又连续营救了两名美军飞行员，一位是格林·本尼达中尉，另一位是白劳德中尉。此后，在天汉、沔阳沙湖及鄂东等地，鄂豫边区军民还冒险营救了福特、麦卡美、道尔等美军飞行员。

作为五师的主要负责人，李先念高度重视美军飞行员的营救工作。得悉美军飞行员被边区军民救起后，他多次指示各地要安全护送友军飞行员到五师师部，并给予及时的治疗和生活上的照顾。被救的美军飞行员抵达大悟山五师师部的驻地白果树湾后，他即在附近山上的“国际招待所”设宴款待这些美国友人，尽管“国际招待所”仅有两间小房，条件简陋，但宴席上的热情话语及端出来的缴获的日本啤酒、罐头，却让宴会充满了欢声笑语。在随后的日子里，经济困难的边区政府为使这些友人过得舒心，专门安排厨师为他们做西餐，在生活上给予他们特殊的优待。

而政治上的荣誉更给这些美国友人留下深刻印象。1944年6月22日是鄂豫边区第一届临时参议会开幕的日子，会议除听取华中局代表郑位三，五师师长兼政委、边区党委书记李先念，边区行署主席许子威等的报告外，还安排了欢迎美国友人的议程。白劳德代表被营救的全体战友向李先念将军、边区军民表示衷心感谢。他真诚地谈到了他们在边区的所见所闻和他们的感想。他说，中国有句古话叫“眼见为实，耳听为虚”，在边区生活的一个多月时间里，他们看到的新四军五师，既不是国民党宣传和造谣所说的“游而不击”的“奸匪”，也不是一支没有文化的野蛮之师，而是真正抗日的、与民众关系融洽、部队内部官兵平等的民主军队，是一支重知识有文化的文明军队，部队几乎人手一笔，尽管用笔材料各异，有自来水笔、铅笔、毛笔或子弹壳自制的笔，但打仗间隙，大家都在互相帮助识字学文化，这与国民党军队的堕落腐败现象截然不同。最后白劳德表示，他们回到后方之后，一定会把边区的真实情况告诉美国政府与朋友们，让他们正确对待新四军第五师，以共同推进中国的抗日事业。

五师军民的行为极大地感动了获救的美军飞行员。在安全归队后，他们一方面感激五师军民的救命之恩，一方面热情颂扬鄂豫边区军民的友好情谊，积极宣传五师

1944年，李先念等在大悟山与美军联络人员合影

将士在对敌作战中的功绩。陈纳德将军于1944年7月3日致函朱德总司令："飞行员格林·本尼达中尉与白劳德中尉，此次获得中国游击队诸战士营救，纳德对彼等之光荣工作，尤深感奋，彼等见义勇为，敝军全体官兵均钦佩之至。为此恳请将此钦佩感奋之情代为转达，不胜感荷！"

这份友谊和感情直接推动了"飞虎队"与五师的合作。1944年8月，陈纳德将军派代表欧高士到达大悟山地区，与李先念等人商谈"飞虎队"在武汉外围地区设立无线电通讯网问题。次年春，经中共中央与驻华美军总部协议，"飞虎队"正式在大悟山设立了观察组。在随后约半年的时间内，新四军第五师为美机轰炸武汉地区、平汉铁路、汉宜公路等敌伪军事目标提供了准确的情报，中美两国人民的友谊在对敌共同作战中进一步加深。

获救的美国友人也始终铭记着与五师军民特别是与李先念结下的这段情谊。1985年7月，李先念以中华人民共和国国家主席身份访问美国，"飞虎队"驻五师观察组联络官保罗·比格勒两次给李先念写信，信中回忆了五师军民营救他的战友的史实，还提及他对李先念送给他的礼品的珍爱，表示了期待与李先念在美国见面、重叙旧情的强烈愿望。

我党保卫工作的第一位女同志

周惠年

人物链接

周惠年（1911—1997），曾被陈云同志称誉为“我党保卫工作的第一位女同志”。1911年3月出生，河南信阳谭家河镇人。1926年参加革命，1927年加入中国共产党。1929年秋调上海中央交通局，1931年顾顺章叛变后调至中央特科工作。

1931年上海成立中央分局，周惠年调到分局搞交通工作，1934年曾两次被捕，直至1937年国共第二次合作，才经党营救出狱。此后她在南京和武汉八路军办事处工作，后赴延安，先后在中央社会部、延安保安处、中央办公厅工作。1951年调中央编译局工作。

假扮夫妻建立交通联络点

我妈妈从鸡公山逃出来，到了上海以后的第一个领导就是吴德峰，开始在吴的领导下做交通员，那时候她大概十七八岁吧。

在那之前，她原是在河南信阳家乡上小学，原来家境还算过得去，我外祖父过世后就比较困难，她就辍学了。1926年北伐军到了这里，办了一个文化补习班，她这个失学的孩子就在补习班上接触了初步的革命思想，后来她也为地下党完成一些印送传单、送信的任务。

1928年她发传单的时候被捕了，北伐军的那个宪兵连长田池生是黄埔一期学员，思想还是比较进步的，大概也看她年纪比较小，没有太难为她。软禁三个月后，我妈妈被释放。这段历史后来在“文革”时成为攻击她是“叛徒”的利器。直至专案组调查时，看到田池生临辞世前写下的自传，里面谈到他当宪兵连长时，曾解救过两名女共产党员，这是后话了。

后来地方的红枪会很厉害，专抓参加共产党、剪短发的，我妈妈也剪了辫子，头发一时长不起来，就到处躲藏。她先跑到鸡公山躲了一段时间，下山时又正赶上红枪会抓人，她跑到信阳车站，正好火车司机是我们党的人，就让她上了火车。到了上海后，担当驻机关的女交通员，做中央交通局和河南之间的交通联络工作。

我妈妈说做驻机关的交通员很苦，那时候为了掩护，单身男女都要假扮成夫妻租房，建立机关或秘密交通联络点。那会儿她还很小，开始就不愿意嘛，吴德峰就批评她，说共产党员就应该服从党的分配，在工作上没有理由讨价还价。

当时党的活动经费很困难，假夫妻“家庭”的生活费用很少，按规定女同志每月十块银圆，它要用于各方面的开支，核算下来每天只有四块铜板。我听妈妈讲，也就将将够吃最便宜的饭吧，而且还得关起门来吃，因为很害怕邻居看见起疑：怎么吃得那么不好？上海冬天也挺冷，她没钱买衣服穿得挺单薄，还是吴老的夫人戚大姐带着她上街买了一件棉袄。

偏她的那个邻居还特别爱串门，最后她就看出来了，说我看你的日子过得很苦呀，你从乡下来，也没有职业，乐意不乐意我给你介绍一个工作？到纱厂当纺织女工，要求也不高，每个月至少能赚20块钱贴补家用。我妈妈一听也很高兴，但是跟吴老汇报时，吴老说：“这个事倒是好事，可是你的这个点上经常有人来往，联络人不能找不到你，所以你的任务就是看家。”她就只能守在那个地方。

当时都没有真名字，而是用一些化名、代号称呼。比如我妈妈那时见过陈云，他那会儿装扮得像个账房先生，耳朵上老夹着一支笔，叫“老开”，就是大老板，我妈妈是后来到延安以后才知道了他的真名和身份。潘汉年比较年轻一些，就叫“小开”。有的人就叫“王先生”，或者“眼镜”，还有一些人，她后来再也没有碰上，到了延安、新中国成立后，都没再见过，就始终不知道是谁。

谁也想不到一个漂亮的阔太太会带着武器

大概到了1931年3月顾顺章叛变以后，我妈妈就被调到中央特科工作。

大革命失败后，1927年末在上海建立的“中国共产党中央特别行动科”，简称中央特科，直属中央，由周恩来直接领导。1928年11月，中央又决定由向忠发、周恩来、顾顺章三人组成特别委员会领导特科。顾顺章是上海宝山人，原是上海南洋兄弟烟草公司的工人，曾经加入了上海滩上的“青帮”，敢打敢杀，在工人中颇具影响，五卅运动中成为工人领袖。1926年，顾顺章与陈赓等人一起，被中共中央送到苏联学习“政治保卫”，据说在学习中就表现出了不寻常的特工天赋。1927年初归国任中央政治保卫局局长。上海三次工人武装起义时任工人纠察队总队长。中央特科成立，正是顾顺章大展身手的时候，作为特科科长，许多基层的“交通线”、“联络员”，是他亲手建立和安置的，甚至顾顺章的家就是当时中共的一个重要联络站。顾顺章的副手谭忠余和他是宝山同乡，也是一起搞工人运动的伙伴。顾顺章的表妹是和谭忠余谈婚论嫁的对象。

特科共有四个科：总务、情报、行动、交通。其中的特三科——行动科，又称“红队”，在特科内部也称“打狗队”。“红队”的队长，也由顾顺章担任。“红队”队员人人身手不凡，主要负责武装保卫党中央及其领导人，以及会议期间的保卫工作；劫持、营救被捕的中共领导人；锄奸即采用暗杀的方法惩处出卖组织的叛徒和对中共构成威胁的奸细、特务。例如当年震惊整个上海滩的暗杀白鑫行动就是红队的手笔：原中共中央军委秘书白鑫叛变后，虽然有很多保镖护卫着，仍被行动科追杀直至最后击毙。

顾顺章那次是护送张国焘离开上海后，在汉口被捕的，之后叛变。幸好关于此事的密电被在南京卧底的中央特科情报科人员钱壮飞破译，并设法迅速通知了周恩来。周恩来采取了非常时期的应急措施，在两天的时间内，中共中央在上海的重要机关、主要领导人的住所，统统紧急大搬迁，结果敌人按照顾顺章所供地址来搜捕时就扑了个空。然而顾顺章在上海还有许多人脉关系，为防止恶性连环事件发生，周恩来采取断然措施，切断了他可能联系的一切线索，并进行重组特科等善后处理工作，这才避免了因为这个头号叛徒而使中共中央遭受全体覆灭的打击。

我妈妈去了特科后，就在行动科协助谭忠余工作。红队要到哪个地方有行动，不能大家都带着枪，真正做行动的人，不带着武器前去。我妈妈那时比较年轻，一打扮也挺像样的，然后就弄一辆黄包车，她坐在上面，很是像模像样，一个漂漂亮亮的阔太太，谁也想不到这样的一个阔太太会带着武器，其实枪都藏在车里。

她说做这个也是很危险的，我妈妈说最怕的就是碰见“抄把子”的——就是搜身检查，当时上海好多地方都有“抄把子”的。有一次她正好坐着黄包车去执行任务，老远看见前面堵着人，有背着枪的军警正在一个一个地挨个搜查行人，她表面上不动声色，但是赶紧叫车夫拐上了旁边的另一个路口，绕道走了。她说幸亏那些人没感觉到什么异样，也没有追过来搜查，她顺利地完成了运输任务。

后来我母亲和谭忠余结婚了。他们的家也是我们的一个机关，她就装成一个家庭主妇的样子，其他的同志有的装扮成亲友，有的装扮成佣人。大概没过多久，就碰上向忠发叛变的事件。

天黑时周恩来来到联络点商量营救事宜，其实向忠发当时已经叛变了

实际上顾顺章的叛变还是让中共遭受重创，毕竟他知道的秘密太多。因为他，武汉方面的中共联络员全部被捕杀，也有几位中共要人如恽代英、蔡和森等人死于顾顺章之手。1933年，陈赓赴苏区前夕，也曾在上海落入了顾顺章布下的网。已打入敌人内部的钱壮飞、李克农等人也被迫撤离原来的工作岗位。而当时的中共“一把手”总书记向忠发被捕，也正是因为顾顺章非常了解向忠发的特性和习惯，而设计抓捕的。

向忠发是湖北汉川人，工人出身，早年参加了工人运动。后来，由于当时的共产国际过分强调“领导干部成分工人化”，强调中央领导要以工人和农民组织的领袖为主体构成。在共产国际的干预下，向忠发在1928年7月召开的中共六届中央政治局一次会议上当选为中央政治局主席、中央政治局常务委员会主席，成为中国共产党的第三任总书记。但是实际工作中向忠发的政治水平、领导能力都很差，他基本只能说是个名义上的总书记，而且无组织无纪律，生活上堕落，当时正与一个风尘女子姘居。顾顺章曾经为这个杨姓女子介绍了一个女佣，所以他就循着这个线索布下暗探。

顾顺章叛变后，中央已经决定让向忠发尽快到苏区去，在准备启程的时期，负责向忠发安全问题的周恩来怕他出事，让他暂时和自己同住在一起，并嘱咐他这段时间不要出去。而那个杨姓的女子被安排和任弼时的夫人陈琮瑛母女住在一个小旅馆，等待分批走。然而向忠发偷偷溜到小旅馆去会那个相好的女子并在旅馆留宿，结果第二天早晨出来时被敌人暗探认出被捕。

上海当年形势非常险恶，军警、暗探密布，稍有不慎，便会遭遇不测，所以秘密工作纪律规定很严，特别是顾顺章叛变后就更谨慎，任何人出去都要打招呼并且必须按规定时间回来，否则就要考虑到可能是出事了，要立即通知相关人员撤退疏散、机关转移搬

家。那天周恩来发现向忠发私自外出未归，立刻觉得有问题，去找谭忠余。

那时候谭忠余和我妈妈结婚不久，这个新的点比较秘密。我听我母亲说那天很紧张，天已经黑了，周恩来伯伯来了以后，商量了一下，要怎样把向救出来，谭就带着枪出去了。谭出去了几个钟头就回来了，说向忠发已经叛变了，因为他们在周恩来住的那个地方布置了暗哨，结果就发现国民党的特务去了。他说，你幸好没回去，很危险。

那天周恩来就住在了这里。我母亲讲，那时候房间也不大，大床底下还有一个小折叠床，她就把小床拉出来睡上去，周恩来、谭忠余两个人就躺在大床上，嘀嘀咕咕地小声说了一夜。

第二天一早，周恩来就粘上小人丹胡子，化装成日本人。当时一面穿裤子一面说话，结果把两条腿穿到一个裤筒里去了，搞得他们全都哈哈大笑。

就这样，周恩来白天出去，晚上就住在这里，大概三天，准备工作做好了，就去苏区了。

谭忠余奉命离开我妈，一走就没有了消息，后来才知道他在归国途中壮烈牺牲了

当时上海的形势很紧张，组织基本处于瓦解的状态。上级组织认为不能再待下去了，我妈妈和谭忠余也离开了上海。但是他们不是去中央苏区，而是到襄枣宜苏区，湖北和河南交界的一个解放区，那里有红二十六师，谭忠余任红二十六师的师政委，我妈妈则到了苏区特委的妇女工作委员会。

襄枣宜离国民党核心地区比较近，由于敌强我弱，红二十六师受到了沉重的打击，大概也就半年多吧，1932年“一·二八”事变之后，襄枣宜地区的工作被迫转入地下。可在鄂豫地区，谭忠余一口的上海话很容易暴露，这样只好又返回上海。

不久党派谭忠余取道海参崴去苏联，这时我妈妈刚生下我姐姐谭小余12天，就留了下来，没有随谭忠余同去苏联。我妈妈他们那代人，在残酷的战争年代，经常因为工作需要夫妻分开，而一旦分开就意味着分离，彼此相隔千山万水，交通不便，信息不通，加上秘密工作组织纪律严格，相互的工作内容、性质、地址甚至更改的姓名等一律不准打听。很多夫妻分开后不能通信息，生死存亡两不知，有的还活着，误传牺牲了；有的已战死身亡，家人还不知，甚至新中国成立后才证实对方已牺牲；有的牺牲了，由于年代已久，人事变迁两茫茫，家人都不知遗骨何存。这样的例子举不胜举。

我妈妈和谭忠余也是这样，他一走就没有消息了，后来他是怎么个结果，我妈妈也不知道，一直到新中国成立后，她知道谭忠余牺牲了，但是怎样牺牲的，都不知道。

一直到前几年，陕西三边组织一个纪念活动，他们打听到了我们的下落，邀我去参加了那个活动，我才知道谭忠余牺牲在三边的经历。

他是在苏联学习了一年多，在苏联听到红军长征到达了陕甘宁边区，他就和另外4人带着六七头骆驼组成的骆驼队，带着武器、电台，从蒙古那边进来，一直走到三边。在井边喝水的时候，露出了腰里的枪，被人注意到了，最先是被保护外国教堂的武装围上来，他们跑到了山里，又被地方民团把山头包围了，交火之后僵持不下，就互相喊话表示要谈判。谭是头儿，他就下来谈判，结果一下来民团就把他扣了，继续攻山。

被抓以后，谭忠余他被带到了县里，这个县后来被红军徐海东的部队包围了，但是民团顽守，几次都攻不下来，愣是把一个已经攻开的缺口又堵上，还抓了二十几个战士。并且把他们和谭忠余都带到城楼上，让他们向城外喊话，要红军后退，不退就把他们都杀掉。谭忠余被逼迫之下也不喊要求后退的话，最后他高喊：你们攻城吧！他们没多少力量！敌人就把他的头砍下来，挂在城头示众。

他最后牺牲的真是很英勇。

妈妈一看有人闯进来，先藏了一下文件，夏娘娘又偷着吞下了文件

那时候我妈妈继续留在上海工作。她还带着刚刚出生的孩子，组织就决定她和"革命母亲"夏娘娘一起扮作一家人，驻守中共中央的一个机关。

从1922年夏之栩加入中共开始，夏娘娘的家就总是中共的一个机关，夏娘娘便总是以一家之长的身份驻守着，她的女儿夏之栩管她叫"娘娘"，当时的地下党人都跟着这么叫，从最早发展夏之栩参加革命的陈潭秋、刘子通，到夏之栩的丈夫赵世炎，到中共在上海的领导人周恩来，都这样称呼她，无一例外。

中共中央迁到江西苏区后，上海组建了中共上海中央执行局，李竹声任书记，李得钊任秘书长，负责人还有盛忠亮、秦曼云、黄文杰等，我妈妈继续担任交通工作。那个时候经组织批准，我妈妈与我的生父李得钊结为夫妻，带着我姐姐和扮成"婆婆"的夏娘娘"一家四口"一起住在法租界法国公园附近。

我的生父是温州人，家里很穷，因为我的爷爷是教会学校的勤杂工，他才有机缘读书，而且英文很好。他上中学时受谢文锦的影响接触了革命，后来到上海上大学，然后到苏联去学习，回来后最先是到《红旗报》当编辑。在上海分局，他既是特科的，又是秘书长。

1934年6月，我的爸爸妈妈被捕了。那次被抓的特别多，大概特科的一个人也叛变了。那时叛徒也多，告密也是常事，结果我爸爸他们正在开着会，六七个人全都被抓了。当时我妈妈是在家里，没过几个小时，我们也被抄家抓了起来。我妈妈讲，那次因为事发突然，家里还真有一些书和文件没来得及处理。那时候我妈妈正怀着我，挺着大肚子，腿脚也肿着，她就说：我不识字，书是我丈夫的朋友丢在这儿的，我不懂。我是家庭妇女，就是带孩子管家。

那时家里还有没送出去的文件，我听我妈妈说，也很紧张，一看有人来，先是藏一下，后来瞅个机会，夏娘娘就偷着嚼了给吞下肚了。我这个阿婆后来长期胃病，就是因为吞这些东西伤害了胃。

毕竟他们的重点是在我父亲他们那些人的身上，老太太和妇女又说不识字，问什么都说不知道，大概关了一两个月就放了。放出来不久，我就出生了。大概过了十几天，特科被抓了很多人，又有人叛变了。我妈妈在一个小旅馆里坐月子还没满月，一个特科的人就带着人来抓她了。夏娘娘、我姐姐还有我也都被抓进去。

进了提篮桥监狱以后，我母亲始终不认。据说跟特科挂钩的人全都要杀了，我母亲并不知道这个，她只是知道，工作的规矩就是这样的：见到任何人，不认识；任何事，不知道。我母亲是一个很老实很守规矩的人，她认定了这个，就不折不扣地这么做，咬死了"不知道"、"不认识"。最后他们把小旅馆的茶房找来辨认，结果他说这几个人，老太太、小孩在我们这儿住过，那个特科的人他看了半天说没见过，其实特科那人也去过好多次，因为他是联系人，还给我妈妈抓过药，但是那个茶房没注意过他。这样就把我们的案子和特科分开了。在提篮桥监狱，我妈妈还见到过江青，当时她也关在那里。

这一回是我妈妈第三次被捕，这次坐牢的时间就比较长了。我的小名"囚童"，就是在这时候由监狱里的难友给我起的，熟悉我的，多少年后还都习惯这样叫我。那时候我父亲也关在牢里，后来我们都被转到了南京中央军人监狱。南京中央军人监狱，号称天牢，监禁的是被认为有重罪的军事犯和政治犯。我听我母亲讲，在那里我父亲见到过我，但那时我太小，没有意识。在南京监狱里，女监的对面是男监，秦邦宪（博古）的妻子张越霞跟我妈妈关在一块儿，就告诉她说：你看见没有，你丈夫就在对面。我妈妈说，当时她正闹眼病，眼睛怎么使劲睁都看不见。张越霞说：他看见你了，还跟你打招呼呢。我妈妈还是看不清什么。我妈妈说，因为她当时正抱着我呢，所以我父亲肯定是看到我了。

我妈妈带着两个孩子坐牢也真是不容易，还要照顾夏娘娘，她腿不好，当然娘娘也帮了不少的忙，当时监狱里的革命同志也不少，也比较同情我们，经常帮忙。到我稍微大一点的时候，我姐姐带着我到处跑。就这样在监狱里待了这么几年。

后来我们被转到了苏州反省院，我父亲被判的是重罪，他一直关在南京军人监狱。他始终很坚定，当时他们被抓的那一批大部分都自首了，像李竹生，只有他和黄文杰他们几个人没自首。后来国民党搞怀柔政策，“重罪轻判”，我父亲被判15年徒刑。然而在1936年，我们在苏州反省院得到通知，我父亲死在了监狱里。他在监狱里打摆子，说是给他吃的药剂量特别大，就这样治病时吃药吃死了。

坐牢一直坐到1937年，那时由于西安事变后国共合作要释放政治犯，周恩来带着夏之栩去南京，她来找她的妈妈，把我们就接出去了。

谢觉哉把姐姐带到了苏联国际儿童院，我则被寄养在新四军名将的老家

我母亲出来以后，就跟着周恩来在八路军办事处工作，一直到1939年她去延安。我父亲在监狱里就托付同志，出去后帮助分担照顾我们两个孩子。后来，陶铸说他的哥哥在南京，家庭环境不错，可以寄养一个小孩，就把我姐姐送去了。但是她不愿离开妈妈，一直跟到了延安，后来谢老去苏联的时候，把她带到了伊万诺沃国际儿童院。当年在苏联伊万诺沃国际儿童院学习和生活的中国革命家的后代及家属有很多，包括毛泽东的儿子毛岸英和毛岸青、蔡和森的女儿蔡妮、刘少奇的女儿刘爱琴、蔡畅和李富春的女儿李特特、邓发的女儿邓金娜、任弼时的女儿陈松、罗亦农的儿子罗西北、赵世炎的儿子赵施格、高岗之子高毅、苏兆征之子杨东、陈

昌浩之子陈祖涛、肖三的两个儿子肖立昂和肖维佳……我姐姐后来没有回国，她在那里定居，并和一个希腊人结婚了。

我呢，去了四川。新四军名将陈同生——《东进序曲》就是他的回忆录，他的家在南充旁边小县城云山县的乡下，是一个已经衰落的书香门第，他就把我送到了他的家，我就和奶奶生活了很多年。

等我妈妈到了延安之后，就要把我接回身边。我一路辗转：姑婆的儿子带我沿嘉陵江坐船到南充，再坐汽车到成都，到杨伯恺的家中落了一下脚——他和周恩来总理都是一起留法的，他又把我送到重庆红岩村的八路军办事处，住了一个月，搭美国飞机到南京，在南京新华社待了一个月等飞机，最后等到美国观察组的飞机，搭上去了延安。

那时候已经是1946年，我才再见到我的母亲。离开母亲的时候我太小了，什么印象也没有。我母亲也是，一看到我就感慨：哎哟，都这么大啦！

本文讲述者——李钊，系周惠年之子（中国民航局原副局长）

聂荣臻与张瑞华风雨相伴64载

聂荣臻与张瑞华

开国元勋聂荣臻元帅，一生留下了无数动人的事迹和传奇经历，他与妻子张瑞华、女儿聂力的几度聚散离合就非常感人。在特殊的环境中，他们一家三口的经历，折射出那个时代的缩影。

幸福结合

广州起义失败后，聂荣臻于1928年1月在香港就任广东省委军委书记，主要任务是收容安置广州起义失败后来到香港的幸存者，并开办训练班培训两广各地从事工人农民运动的党员干部。此时，为革命东奔西忙的聂荣臻，29岁依然孤身一人。由于香港的环境相对稳定，已近而立之年的他便开始在工作之余考虑物色志同道合的终身伴侣了。

一天，户外响起轻轻的叩门声，聂荣臻知道这是事先约定的联络暗号。来者是一位眉清目秀的姑娘，聂荣臻定睛一看，这不是张瑞华吗？

张瑞华，河南信阳人，1909年生，比聂荣臻小10岁。1926年，北伐军北上之时，她毅然离开就读的信阳女子师范学校，考入黄埔军校武汉分校女生队学习。期间，张瑞华加入了中国共产党。

聂荣臻第一次见到张瑞华，是1926年冬在武昌中和里军委机关新党员入党宣誓仪式上。初次接触，就让聂荣臻在脑海中留下了这位中国新女性坚强美好的形象。广州起义中，聂荣臻在总指挥部再次见到了张瑞华，对她坚持请求参加危险性极大的肃反工作钦佩不已。此时，张瑞华担任广东省委的机要交通员，来往于香港、广州两地之间，负责传送党的机密文件。

再次见到张瑞华，聂荣臻的心里泛起了涟漪：张瑞华不正是自己最理想的终身伴侣吗？他想了好久，决心试探一下姑娘的态度。

一天，两人见面后，聂荣臻鼓起勇气对张瑞华说："瑞华同志，我在武汉时就认识你了，以后在广州暴动中又碰到了你。你给我的印象是热情、坚定、勇敢。不知道你对我的印象如何？"聂荣臻一口气说完憋在心里的话后，便以热切的目光看着张瑞华。

聂荣臻的率直令张瑞华羞红了脸，她不好意思地低下头。聂荣臻进一步表明了自己的期待："我对你印象很好，你我都是共产党员，我们能不能建立比同志更进一步的关系？你考虑考虑，过几天回答我也可以。"

张瑞华的脸更红了，沉默片刻之后，低声回答道："那好。"

聂荣臻走后，张瑞华的脑子像放电影一样，一幕幕地回忆着聂荣臻的形象。第一次在武汉见到他，细高个，长方脸，虽然由于过分忙碌，神态略显疲惫，但双目炯炯有神，着装整洁，一看就知道这是一位能文能武的儒将。他太忙了，跟自己打了个招呼就走了。以后自己又几次见过他，他工作热情严肃、待人亲切，给自己留下了深刻印象。广州起义中，他处理果断，有条不紊，指挥若定，英武神勇。这样的人，怎么不值得自己信赖呢？

两天后，聂荣臻再次问张瑞华时，得到了肯定的回答。

1928年4月，聂荣臻和张瑞华结婚了。没有豪华的宴席，也没有欢闹的人群，他们把各自简单的行李合到一起，便开始了二人世界。

患难情深

聂荣臻夫妇在香港的生活很是艰苦。聂荣臻以记者身份作掩护，张瑞华也经常以阔太太的身份去各地送文件，可聂荣臻每月生活费只有15元，张瑞华只有7元。这么少的钱，用起来自然显得拮据。聂荣臻只有一套西服、一件白衬衫。香港天气热，每天回家就得洗，可是聂荣臻连换洗衣服都买不起，在家里只能穿一件背心。张瑞华也只有两件合身的旗袍，用于出门穿。

夫妇俩吃的是粗茶淡饭。为了让聂荣臻保持健康的体魄，张瑞华千方百计调剂伙食。可就那么一点钱，实在做不了多少好吃的。每当张瑞华面有歉意时，聂荣臻就安慰她说："没有关系，你做的饭菜可口，比我自己做得好吃多了。实在不行，多加些辣子就可以了。"1930年刚过完春节，聂荣臻去上海参加军委会议。会上，军委书记周恩来通知他去天津担任顺直省委常委兼组织部长。过了几天，张瑞华提着她与聂荣臻的全部家当——一个提包和一只藤条箱，跟随聂荣臻一路颠簸到了天津。

到达天津后，为了便于开展工作，他们在日租界里找了一个住处。有孕在身的张瑞华开始出现强烈的妊娠反应，聂荣臻为自己无法在家里好好照顾妻子而苦恼不已。就在他发愁的时候，顺直省委书记贺昌通知他："中央决定调你到上海，另有任务，你交代一下工作尽快走。"

情急之下，聂荣臻只好托房东太太替他照顾一下妻子，千叮咛万嘱咐之后才赶往上海。半个月后，张瑞华妊娠反应有所好转，便来到了上海陪伴聂荣臻。

此时，聂荣臻已调到"中央特科"工作。"特科"是中央重要的情报和保卫工作机关，风险极大。所以聂荣臻每次离家前，总是对张瑞华说："如果到黎明时分，我还不回来，事先又没有说明，那就意味着我出事了，你得赶紧离开这个地方。”张瑞华听丈夫这么说，一直为丈夫的人身安全担心着，天天坐等聂荣臻回家。聂荣臻在“特科”工作了三四个月，张瑞华就在高度紧张中度过了三四个月。

1930年8月中旬，聂荣臻回到中央军委工作，担任周恩来的助手。9月，聂荣臻夫妇唯一的女儿聂力来到了人间。由于难产，医院为张瑞华做了剖腹产手术。可那天聂荣臻实在太忙了，抽不出时间去看望，只好托好友的妻子代劳，直到张瑞华产后的第三天，他才赶到医院。

1931年1月，中共中央政治局决定，以周恩来、聂荣臻、陈郁、陈赓等7人组成中央军事委员会，周恩来任书记，聂荣臻任参谋长。从此，聂荣臻更忙了。张瑞华也就更累了，既要照顾几个月的女儿，又要照顾好聂荣臻的生活。

4月的一天，聂荣臻直到深夜才回家。一进门，他就以急促的语气低声说道："顾顺章叛变了，你要立即搬家，去哪里，由组织安排，我这几天回不来了，以后会去找你们的。”说完，他又急匆匆地冲出了门，消失在夜色之中。

不久，张瑞华母女被组织上安排住进了虹口区提篮桥的一个小阁楼里。两天后，聂荣臻也来到了这里。为了躲避国民党当局的侦查，聂荣臻一连好几天没有出门。后来，当时的党中央总书记向忠发也叛变了，上海的秘密工作已无法再开展下去，周恩来等党的领导人便逐步向中央苏区转移，聂荣臻自然也得离开上海。因为孩子太小，张瑞华决定暂时留在上海。

12月下旬，聂荣臻告别妻子和女儿，离开上海赶往苏区。

家人聚首

1932年，张瑞华被调到共产国际远东局驻上海的秘密机关，仍做机要交通工作。她平时既要从事繁忙的工作，又要带着一岁多的小聂力，累得一身是病。

1934年春，由于叛徒告密，上海秘密党组织再次遭到破坏，张瑞华也不幸被捕。她带着3岁的小聂力，被关进了英租界的提篮桥女监。

在狱中，任凭巡捕怎样威逼利诱，严刑审讯，张瑞华一口咬定自己是农村妇女，带孩子来上海找丈夫。当局见问不出个所以然来，就采取放长线钓大鱼的办法，一个月后将她们放了，实行严密监视。在一个风雨交加、电闪雷鸣的夜晚，张瑞华抱着聂力，机警地甩开了跟踪她们的侦探，逃离了虎口。

之后，张瑞华被安排到位于上海浦东的地下印刷厂做装订工，兼做党支部工作。1935年秋，中央红军到达陕北，组织上便安排张瑞华去陕北与聂荣臻会合。得到这个消息后，张瑞华激动万分。她将年幼的女儿安顿好之后，艰难跋涉近10个月，转道天津、西安等地，于1936年7月到达陕北。8月，张瑞华赶到甘肃省预旺堡，与分别5年的聂荣臻见了面。

一见面，聂荣臻紧紧握住妻子的手，仔细端详着："你来啦，一路上有多危险吧？"他的眼中充满了体贴关怀之情。

张瑞华是个坚强的人，但此时此刻，也禁不住热泪滚滚。半晌才说了一句："嗯，你好吧？"聂荣臻见妻子没有把女儿带来，便说："自长征以来，一切音讯都断绝了。我经常思念你们，我常拿出力力（聂力的小名）的照片，看了又看，不知看了多少遍。"说完，他就从皮包里拿出他珍藏着的女儿的照片，递给张瑞华，然后补充说："起先，我经常把照片放在贴身的衣服口袋里，结果留下许多汗渍，容易变黄，所以我把照片放在皮包里，时刻随身带着。"

张瑞华接过发黄的照片。照片上，一岁多点的小聂力，站在公园草坪上，带着稚气的眼神，凝视前方。张瑞华也在日夜思念寄养在别人家里的女儿，便回忆道："我出去送文件，经常把她带在身边。她很乖，从来不闹。有时候带着她不方便，就只得把她反锁在家里，给她些玩具，我回来时，她还在那里玩。"

"听说你被捕时，力力也跟你蹲了监狱，她不闹吗？"

"在监狱里，有几个冒充共产党员的女特务，跟我们母女俩住在一起。他们总找机会跟力力说话，想从孩子身上套取点什么，可力力从不理他们。监狱里生活苦，饿极了，力力就喝着连我都难以咽下去的野菜粥，她不哭不闹，很懂事。"

聂荣臻叹了一口气，说道："你这次把她带来就好了，在保安就有不少孩子。"

"逃离敌人虎口以后，曾有人劝我，把孩子送孤儿院，免得她跟我担惊受怕。我不干，一来力力很懂事，二来我要对得起你呀！临离开上海，我向组织上提过带力力来的要求，但组织上没有同意。"

听了妻子的一席话，聂荣臻不禁担心起女儿的命运来。

张瑞华只在预旺堡住了三四天，聂荣臻便带着歉意对妻子说："中央指示，我要带领先遣支队继续西进，去迎接第二、第四方面军来陕北会师。你就先回保安去吧。"

就这样，刚刚相聚到一起的夫妻又分离了。

聂荣臻一家三口的最终团圆，则是1946年的事了。

张瑞华离开上海，一走就是10多年，年幼的聂力被寄养在嘉定县一位贫苦农民的家里。这家孩子多，生活很苦，聂力从小就挖野菜，干农活，还要照顾比自己小的孩子，经常忍饥挨饿，艰辛度日。稍大一点，她就进了县城嘉丰纱厂当童工，备受工头压迫。

1938年，党组织曾派人到嘉定找到了聂力，要把她带到延安去。但聂力怕上当受骗被拐卖，便说："爸爸妈妈找我，叫他们自己来接。别人不行。别人接我，我不跟他去。"抗战胜利后，周恩来利用国共和谈之机，托人找到了聂力。这时，聂力已经15岁了，见来人不像是骗子，就跟着辗转到了北平，见到了当时在北平军调处工作的叶剑英。叶剑英马上把这个消息通知了聂荣臻。聂荣臻闻讯，欣喜万分。碰巧这时张瑞华也从延安赶到了张家口，夫妻俩激动地等待着全家团圆。

在北平的聂力也沉浸在莫大的幸福之中。但长期的离别，使她已经记不得父亲是个什么样子了；即使是母亲，印象也十分模糊。叶剑英了解到这个情况后，便拿出一张聂荣臻的照片来，对聂力说："这就是你爸爸，你拿着这个，到张家口去，看谁像照片上的人，你就叫他爸爸。"

1946年4月，聂力被送到了张家口。在聂荣臻、张瑞华面前，小姑娘拿出照片，对了又对。

聂荣臻终于见到朝思暮想的女儿了，看着她比对照片的认真样，便和她开玩笑说："怎么样，像不像啊？"

旁边有人说道："快，前面就是你爸爸妈妈，快叫啊！"

聂力喊了声"爸爸！妈妈！"便一头扑在聂荣臻的怀里，哇哇大哭了起来。

张瑞华早已潸然泪下了。聂荣臻则强忍着激动，抚摸着聂力的头，要她别哭，自己却是热泪滚滚。

"团圆了，团圆了，我们一家团圆了！"聂荣臻搂住妻子和女儿，激动地说着……

危拱之的坎坷人生

在旧中国，妇女处于社会的最底层，在受政治压迫、经济剥削的同时，还比男性多了若干社会文化的禁忌和约束。从五四时代的反对小脚、走出家庭到革命时代舞枪弄棒、参与政治，至少有一部分妇女一改传统造型，实现了“不爱红装爱武装”的几千年来想都不敢想的梦。危拱之是中国革命第一代女兵，她是中国红色文艺的先驱者和奠基人！她是唯一被开除党籍，而参加两万五千里长征的女红军！她是历经枪林弹雨，而三次蒙冤被开除党籍的革命战士！她是一生遭遇四次婚恋不幸的女人！她，就是危拱之！李先念号召：“学习危拱之同志的崇高革命精神！”程子华赞扬：“忠于共产主义理想！”伍修权评价道：“危拱之同志的一生，是坎坷的一生。在她的一生中经历了中国革命的很多事情，个人遭受过很多不幸，但她百折不挠，始终满腔热情地为党、为人民工作。她是一位为革命做了出色贡献的女战士。长期以来，我对她始终是缅怀着深切之情。危拱之同志很值得青年一代崇敬！”蔡畅称赞道：“危拱之所走过的道路是极不平坦的。她毕生最为可贵之处，就是她在前进道路上，历尽坎坷，百折不挠，始终真诚热爱党，热爱革命事业，矢志不渝地为人民解放事业忘我奋斗。她的崇高革命精神，实在值得我们学习和发扬。”清明节前夕，为了纪念这位革命家，记者采访了有关学者、历史专家，从而再现了一代女杰危拱之的高大形象和坎坷人生。

中国第一代女兵

危拱之

“1905年10月，危拱之出生在信阳城里的一个破落的书香门第，父亲危尚忠靠教书为生，具有反清思想，同情革命。”2010年3月28日上午，河南省军区史志办主任吴浩在接受采访时说：“危拱之乳名小玉，学名危玉辰。参加革命后改名拱之，抗战初期在河南省委工作时化名林淑英、魏晨。她秉性刚强，小时候毅然扯去裹脚布，争得一双解放脚。危拱之幼年常听父亲讲孙中山的革命主张，同盟会起义反清故事，她对秋瑾烈士的事迹尤为敬仰。”接着，吴浩详细介绍了危拱之的革命生涯。

1926年冬，危拱之等10多名男女青年来到武昌报考黄埔军校武汉分校。到武汉不久，危拱之加入中国共青团。武汉分校招生（黄埔六期）考试的题目是《你为什么要参加革命军？》，危拱之写道：现实生活存在层层阶级压迫，农民种田而不得果腹，工人织布却不能暖身，青年在帝国主义和军阀压迫下望不到前途，妇女没有人身自由。我要参加革命军，拿起枪杆子，将天下不平的事情尽情打平！

军校考官对危拱之的答卷非常满意。不久，她收到了武汉分校的录取通知书。这是黄埔军校招收的第一批女生学员。1927年4月，她转为中共党员。

同年5月，驻守宜昌的国民革命军独立第十四师师长夏斗寅，受蒋介石的收买，与四川军阀杨森勾结，乘武汉国民政府组织第二次北伐，武汉空虚之机，率部叛乱。在讨伐叛军的战斗中，以危拱之、赵一曼、游曦等共产党员和共青团员为骨干组成的中央军校女生队，随中央独立师西征。这支200余人的女生队，担负作战、宣传和救护等重任，战功卓著，被誉为“革命妇女武装的先锋”。

“1927年7月，国民党反动派叛变革命，大肆屠杀共产党人和革命群众，武汉分校解散，危拱之听从党组织的安排，到国民革命军第二方面军医院工作，并随军南下广州。”吴浩说，12月，广州起义爆发，危拱之在枪林弹雨中奋勇救护伤员。起义部队撤出广州后，在花县整编为中国工农红军第四师，转战海陆丰地区。危拱之被组织上分配到师政治部做宣传工作。随后，她又任东江特委党校团支部书记、海丰工农苏维埃政府文书、苏维埃政府卫生局医院救护员，参与创办《红军生活报》和《造反》杂志，积极鼓动、组织农民起来，开展打土豪、分田地运动。

千里孤坟，无处话凄凉

1928年4月，海陆丰苏维埃运动失败，危拱之等人在党组织的安排下撤退到香港九龙，后经恽代英介绍，她从香港来到上海，与中共中央取得了联系。7月，中共中央派危拱之赴河南工作，任省委妇女科长，与新任省委书记张景曾以夫妻名义为掩护，对外开展革命活动。1926年前，张景曾受中共豫陕区委书记王若飞的派遣，曾经在信阳谭家河农协开展农民运动，人称“张和尚”。危拱之听过他的课，印象颇深。

“当时的河南一片白色恐怖，1928年4月，中共河南省委机关被破坏，省委书记周以栗等被捕，张景曾接任书记。”“危拱之协助张景曾在开封重新建立省委秘密机关，与河南各地党的组织恢复联系，开展艰苦卓绝的革命斗争。她主持制定了《河南妇女工作大纲》。10月，在省委常委扩大会议上，危拱之当选为省委委员、省委妇女工作委员会书记。在艰险的斗争环境里，危拱之和张景曾产生了真挚的爱情，二人由假夫妻结为真夫妻。1928年底，省委机关被敌人破坏，省委军委书记、省委秘书长、团省委书记等多人在开封被捕，敌人在河南各地大肆搜捕共产党人。1929年2月，张景曾和危拱之被迫离开河南，赴上海向中共中央报告河南党组织的情况。党中央决定派张景曾和危拱之赴苏联学习。"

1929年6月，危拱之、张景曾等一行人来到莫斯科沃尔洪卡大街16号中国共产主义者劳动大学（原名中山大学）。张景曾被分配在特别班（为中国共产党高级干部专门开设的班级）学习，危拱之最初被分配在俄文13班学习。初到苏联，怀有身孕的危拱之，为了不给组织增加负担，全身心学习革命理论，征得张景曾的同意，毅然做了人工流产。暑假，危拱之等中国学员被安排到海滨城市敖得萨等地度假。苏联有关方面为帮助中国共产党培养革命文艺骨干，派出一批著名演员，来到危拱之等中国学员的度假地，对他们进行文艺培训，排练歌剧、话剧、舞蹈等。10月，危拱之被编入普通班第一班，学习马克思列宁主义理论。

这时，苏联搞大"肃反"。掌控中山大学支部大权的一伙人，利用苏联"肃反"，在中山大学搞"清党"，残酷打击不满"左"倾教条主义的学员。张景曾因反对"左"倾教条主义被开除党籍，后失踪（一说被秘密处死）。危拱之不相信自己的丈夫是"反革命分子"，因坚持丈夫的观点，被批判斗争，最后被定为"托派嫌疑分子"，受到"开除党籍一年"的处分，强令她到一家印刷厂劳动改造。

苏联留学之旅，使危拱之失去了心爱的丈夫，自己也被残酷斗争，但她仍然坚持真理不屈服，执着追求真理。

红军历史上第一个正式的文艺团体

1931年2月，危拱之奉命回国，抵达上海。4月，党组织派她到中央革命根据地工作，在闽西苏区彭（湃）杨（殷）军政学校任教员。同年夏，在闽粤赣军区参谋长萧劲光过问下，恢复了危拱之的党籍。

1931年冬，危拱之被派到中央红军大学工作，任校党委委员兼俱乐部主任。在校长刘伯承的支持下，危拱之、李伯钊、伍修权

1937年8月，邓颖超同红军女干部危拱之(中)、戚元德(左)在西安

等人很快创办了红军八一剧团，这是红军历史上的第一个正式的文艺团体。剧团移植演出了苏联舞蹈《水兵舞》《红色机器舞》《丰收舞》，编排演出了反映革命根据地斗争生活的话剧《我，红军》《杀上庐山》《粉碎敌人的乌龟壳》《智擒地主婆》《为谁牺牲》等节目，中央苏区军民争相观看，极大地鼓舞了苏区军民的革命激情，丰富了苏区军民的文化生活。

危拱之还经常率剧团赴前线慰问红军部队，她成为中国红色文艺的开拓者。“1932年夏，苏区中央局决定在八一剧团的基础上组建中央苏区工农剧社，张欣任社长，危拱之任副社长。中央局要求，工农剧社除了搞好自身的节目外，更重要的任务是负责领导全苏区的文艺工作，各革命根据地都要建立工农剧社的分支机构，工农剧社总社负责为各根据地的分社训练文艺干部，帮助编剧、排练节目。危拱之满怀喜悦投入到苏区的革命文艺事业中，她的优美舞姿和嘹亮歌声，时刻鼓舞着苏区军民去战斗。”

1932年冬，厄运又一次向危拱之袭来。“左”倾机会主义路线统治下的苏区中央局决定在党内和红军中大搞“肃反”。与危拱之建立了恋爱关系的红军大学军事教官郭化若被怀疑为托洛茨基分子，政治保卫局派人与危拱之谈话，要求她秘密监视郭化若，及时报告他的一言一行。对此，危拱之予以严词拒绝，她说：“我相信郭化若，他不是托派分子。”危拱之把政治保卫局与她谈话的内容告诉了郭化若，为了拒绝执行政治保卫局布置的任务，她与郭化若终止了恋爱关系。政治保卫局对危拱之十分恼火，决定对她进行隔离审查。12月，危拱之被苏区中央局“永远开除党籍”，她被允许留在红军大学继续从事文艺教育工作。

这次双重打击，危拱之失去了爱情，失去了党籍。

背着“黑锅”参加长征

1934年10月，中央红军被迫长征。中央军委四局局长叶剑英建议红军大学全体干部学员随军行动，得到上级批准。危拱之被编入中央军委第一纵队干部团，团长是陈赓，政委是宋任穷，危拱之被分配担任总务科长，负责后勤保障、宣传等工作。

中央红军一共有32名女兵参加长征，其中一部分是首长夫人，偶尔还可以骑骑马或者骡子，危拱之是完全用一双“解放脚”丈量了两万五千里长征路的女兵。即便在过草地时，她生病发烧，双脚淌着脓水，仍坚持拄着木棍追赶队伍。蔡畅回忆道：“整个长征途中，危拱之连一步牲口都没有骑。”

“危拱之是唯一一名被开除党籍而参加长征的女红军。”万灏痛心地说，“不仅如此，危拱之在征途中还担负着为部队筹措给养、烧洗脚水、准备食物、照顾伤病员和年纪大的领导（如董必武、徐特立等）；每天要提前到达宿营地为其他人安排住宿的房子或搭建帐篷；有时候跋山涉水，她还主动搀扶伤病员和老同志；此外，危拱之还担负着宣传鼓动工作，一方面向白区群众宣传共产党的政策主张，另一方面还要为红军战士鼓劲加油。”

这是一名背着“黑锅”参加长征的坚强女兵。“危拱之在长征中经受了生死考验，她用自己的行动证明了她对革命事业的无限忠诚。”吴浩说，“红一军团政治部领导特向党中央主要负责人张闻天汇报了危拱之的情况，请求恢复危拱之的党籍。中央红军长征到达陕北后，中共中央做出决定：凡是经过长征考验的，不论是马夫还是炊事员，都可以入党。毛泽东针对历史上被错误处理的同志的问题，指出：如果他们真的是坏人，又怎么肯陪着我们过雪山草地而不逃跑呢？1935年底，朱瑞、谭政为危拱之恢复了党籍。”

中央红军从瑞金出发时8.6万多人，抵达陕北时8600多人，幸存者为十分之一，危拱之是其中之一。

永远失去了做母亲的机会

1936年春，党中央决定成立抗日人民剧社，危拱之被任命为社长兼导演。同年夏，美国著名记者埃德加·斯诺来到陕北苏区采访，他在保安县观看了危拱之领导的抗日人民剧社的演出后，大加赞赏，并采访了危拱之，还为她拍了照片。斯诺在他的《西行漫记》中对此作了详细介绍。

7月，负责做东北军统战工作的叶剑英要危拱之率剧社到安塞为东北军部队演出节目，宣传“中国人不打中国人”、“停止内战，共同抗日”。危拱之带领剧社在这一地区演出20多天，收到很好的效果。叶剑英对剧社的工作给予了高度评价：“你们把日寇的侵略罪行和我党的统战政策活灵活现地搬上了舞台，感化了这么多东北军官兵，这比办训练班都解决问题啊！”

叶剑英和危拱之在广州起义时认识，在同一时期留学苏联中山大学。长征出发时，在叶剑英的关照下，危拱之得以随军出发。在安塞，叶剑英向危拱之求婚。危拱之因自己经历曲折，表示不便与叶剑英结合。叶剑英说：“我爱的就是布尔什维克”，于是二人结婚了。1936年12月，西安事变发生后，叶剑英携危拱之来到西安，协助周恩来工作。在西安建立了红军联络处，危拱之任中共陕西省委妇女部长，对外职务是红军联络处会计。1937年4月，党中央派毛泽民、危拱之、钱之光、钱希均组成特别小组，赴上海秘密接运共产国际为中国共产党募集的一笔资金，要求他们将这笔资金兑换成国民政府的法币，运送到西安红军联络处，购买药品及其他革命根据地急需的物资。

“这时，危拱之已有5个月的身孕。到上海后，她因劳累过度，而呕吐、眩晕。她被送到医院治疗，经检查发现腹部长了肿瘤。医院要为她做切除肿瘤的手术，危拱之提出连胎儿一起做掉，因为她的身体已经很虚弱，肩负的任务又很繁重，加上她和叶剑英的婚姻也出现了问题。危拱之再次失去了做母亲的机会。叶剑英在西安公开活动后，与他天各一方、多年失去音讯的前妻从报纸上看到了他的有关消息，写信与他联系。危拱之得知这一情况后，心情十分痛苦，叶的前妻与危拱之是武汉军校的同学、广州起义的战友，后又被国民党投进监狱，命运坎坷，如今她与叶取得了联系。危拱之最后痛苦地决定离开叶剑英。”军旅出身的万灏说到这里眼里闪动着泪水，他顿了顿叹口气说，“革命前辈危拱之的人生太坎坷了！”

危拱之手术出院后，和其他同志一起，将兑换的法币分批秘密运送西安，顺利完成了党中央交给的兑换、运送资金的任务。抗日战争爆发不久，危拱之回到了延安，任红军家属学校校长。

十年生死两茫茫

1938年初，党中央派危拱之回河南工作，任河南省委秘书长。段德文说，危拱之亲手组建了由省委直接领导的开封孩子剧团，奔赴中原大地宣传抗日救亡，动员人民群众起来保家卫国。开封沦陷后，危拱之根据省委指示，回到信阳，与信阳县长、进步人士李德纯建立了统战关系。1938年10月信阳沦陷后，河南省委领导的武装与李德纯领导的信阳县政府武装合编为信阳挺进队，李德纯任司令员，危拱之任政治部主任，在四望山地区开展敌后抗日游击战争。不久，该部编入李先念领导的新四军部队，活跃在豫鄂边区抗日战场上。

1939年1月，中原局决定撤销河南省委，成立豫西、豫南、豫皖苏等省委。4月，危拱之奉命离开部队，回到豫南省委机关驻地——河南确山县竹沟镇新四军留守处，参加省委领导工作。8月，她在省委扩大会议上当选为党的七大代表。9月，中原局决定撤销豫西、豫南两省委，恢复河南省委，刘子久任省委书记，危拱之任省委组织部部长。

11月11日，国民党发动第一次反共高潮，组织1800多人的地方民团进攻竹沟镇新四军留守处，危拱之和省委书记刘子久、留守处主任王国华等人率留守处武装500多人英勇抵抗两天一夜。12日晚，鉴于敌众我寡，留守处又失去对外联系，省委决定率机关干部和留守处武装突围。13日上午，留守处干部武装胜利突围到桐柏县龙窝，省委决定，王国华带领留守处武装转进信阳敌后抗日根据地；刘子久和省委机关转移洛阳坚持斗争；危拱之到南阳等地指导"精干隐蔽"工作。

1940年4月，危拱之和豫西南地委书记郭以清等人一起赴延安参加党的七大。到延安后，因七大延期召开，危拱之被调到中共中央组织部地方科工作。

1941年1月，国民党发动第二次反共高潮，大肆破坏各地中共地下党组织，逮捕中共党员和进步人士。此时，中共中央社会部破获国民党特务机关一封密电，该密电涉及中共在河南各地的党组织及干部名单，中央决定紧急撤退河南地下党县、区委以上干部，由省委书记王志杰、省委组织部长危拱之直接负责组织撤退工作。至1941年底，河南地下党区委以上干部分别撤退到豫鄂边、豫皖苏根据地和陕北。撤退到陕北的河南地下党干部有100多人，与河南省委机关一起在关中分区马栏镇参加延安整风运动。

1943年3月，延安整风运动进入审干阶段。河南省委机关和撤退到陕北的河南干部奉命分别到延安中央党校一部、二部参加审干。7月15日，中共中央总学委在杨家岭中央大礼堂召开大会，康生在报告中还点了河南省委交通科长杜征远的名，诬其为"敌探兼国民党特务"。会后，迅速在延安掀起了"抢救失足者运动"，河南党组织被打为"红旗党"，省委负责人遭到逼供审查。

"革命首先要分清敌我，以便能区别对待：对同志像春天般温暖，对敌人像严冬般无情。"段德文气愤地说，"如何分清敌我？阶级出身、战场考验之外，还有持续不断的内部审查和‘整肃’，在白区、敌占区和国统区从事过地下工作的人顺理成章地受到严厉审查。延安时期，整风期间中央党校一部的动员会上，有一个‘河南从省委到基层都有红旗党问题’的判断，河南省委组织部部长危拱之感到十分绝望，就在动员会后的一个夜里，在床上用裤带勒住脖子自杀，获救后精神有些失常。1949年后真的疯了，她没有儿女，没有丈夫，得不到亲人的关心。组织上为了照顾她的生活而调去一个女工作人员也不大尽心。危拱之上厕所跌断了大腿，她既不护理也不报告，听之任之，真是凄惨得很。”

始终乐观地为革命

危拱之是叶剑英的前妻，早在江西苏区时就被整过。宋任穷回忆长征时写道："干部团里只有一位女同志，就是负责司令部总务工作的危拱之同志。长征途中的总务工作是很繁重、很辛苦的。部队一到宿营地，拱之同志忙着安排大家的吃、住，安顿病号，招呼大家烧热水洗脚等。部队出发前，她督促同志们打扫驻地，上好门板，归还借来的东西，做好各种善后工作。记得在过草地时，我的马丢了，驮在马背上的粮食和全部生活用品也随着丢失了，拱之同志在极其困难的情况下，从其他同志那里为我匀了一份，帮助我渡过了难关。她还在百忙中为我织了一条毛线围巾。拱之同志对干部团其他同志的照顾也是满腔热情、无微不至的。拱之同志缠过足，但是由于马匹少，在整个长征途中，她从来没有骑过马，完全是靠一双‘解放脚’一步一步地走完了两万五千里。"

拒不承认特务指控的危拱之以自杀来抗议，各种手段的逼供、诱供，使许多革命者都不得不承认自己是特务。1943年7月22日夜，危拱之在精神受到严重刺激之下，以自杀表示对自己被诬陷的抗议，所幸被及时发现获救。不久，党中央及时发现并迅速纠正了"抢救运动"的失误，对被"抢救"的同志，进行了甄别平反。1945

叶剑英和危拱之

年2月，党组织对危拱之做出了“政治上是没有问题的”正确结论。刘少奇代表党中央与危拱之进行谈话，对她受到的委屈表示安慰，肯定了她在长期革命斗争中的表现和贡献，鼓励她振奋精神，继续为革命事业奋斗到底。危拱之后在延安出席了党的七大。

在危拱之被审查期间，同样遭受审查的原豫西南地委书记郭以清对危拱之给予了更多的理解、安慰和关心，二人在患难中建立了恋爱关系。但是，党组织认为郭以清的年龄比危拱之小十几岁，如果他们结合，将来的婚姻变数比较大，没有同意他们的结合。危拱之忍痛割爱，服从组织的决定，与郭以清分手。抗日战争胜利后，党组织派危拱之到东北工作，派郭以清到内蒙古工作，从此二人天各一方。1945年冬，危拱之担任中共赤峰市（现属内蒙古）市委副书记，指挥反霸和镇压反革命分子，市内生产、社会秩序迅速恢复。1947年6月，危拱之升任市委书记。这年秋天，当年日本侵略者败退时，破坏细菌工厂引起的鼠疫蔓延到赤峰市，她不顾个人安危，身背药箱，去疫区处理死者，安排家属，给病人打针，群众称她是“救命的医疗队长”。

“危拱之屡经磨难，长期在艰苦环境战斗、工作，身体过多透支，她的神经官能症、心脏病和肺结核越来越严重。”段德文沉痛地说，“在东北，她已经把自己的身体和生命置之度外，全身心投入到人民解放事业中。她曾任中共中央冀察热辽分局委员、分局妇女工作委员会书记、乌丹地委副书记、赤峰市委书记。”

1949年初，党组织把危拱之送到北京治疗疾病，并出席中国妇女第一次代表大会。3月，危拱之当选全国妇女联合会执行委员。就在新中国诞生的前夕，危拱之被病魔摧垮了，再也未能重新回到工作岗位上，她的余生是在孤单的病痛中度过的，直到1973年2月8日逝世。

“她就是这样，拖着一双大脚，走南闯北，把妇女解放的思想传播到中国的角角落落，而她所做、所承受的一切比一般的男性还要多，还要艰辛。”段德文说，“咬定青山，屡遭诬陷迫害，却始终乐观地为革命工作，这源于她对党坚定的信念和对人民解放事业的无限忠诚。”

（本文摘自2010年4月6日大河网《中原记忆》，有删节）

鄂豫皖革命纪念館

第三部分

珍闻逸事

“八月桂花”从这里盛开

河南信阳商城县位于南北分界线上，既存北国之风光，又具南国之秀色。南北文化在此融会，地方戏剧、曲艺众多，人们喜以歌舞表达情感，商城因此被誉为“歌舞之乡”，一曲《八月桂花遍地开》更使它全国扬名。

82年前，鄂豫皖交界处的大别山腹地，一群唱熟了信阳民歌《八段锦》的百姓学会了唱一首相似曲调的歌曲，歌词却大为不同：“八月桂花遍地开，鲜红的旗帜竖啊竖起来。张灯又结彩呀，张灯又结彩呀，光辉灿烂闪出新世界。亲爱的工友们呀，亲爱的农友们呀，唱一曲《国际歌》庆祝苏维埃！”就是这首民间小调承担了宣传革命的任务，并创造了新的历史，成为中国的红色经典歌曲。

根据成仿吾回忆、《红四方面军人物志》和综合考证，《八月桂花遍地开》是商城县民间艺人王霁初（后任红日剧团团长）创作，为了纪念成立于光山县柴山保（今新县陈店乡）鄂豫边第一个县级苏维埃政府而作的。王霁初多才多艺，能拉会唱，还会作曲。1929年5月6日，共产党领导的商城起义成功后，5月9日成立了红十一军三十二师。12月25日商城

桂花

解放，27日商城县苏维埃政府成立，并准备召开第一次代表大会。庆祝苏维埃代表大会应该热烈欢庆，可没有歌曲的烘托，多少显得单调和冷清。商城是歌舞之乡，民间小调欢快动听，可没人会演唱和谱曲。县文化委员会主任吴靖宇绞尽脑汁想来想去，突然想到了王霁初。当王霁初听说是为苏维埃编曲子，满口答应，一股脑的把肚子里的歌曲全倒了出来，由大家挑选。听到最后，大家眼前一亮，就是它——商城民歌《八段锦》。

八月桂花遍地开

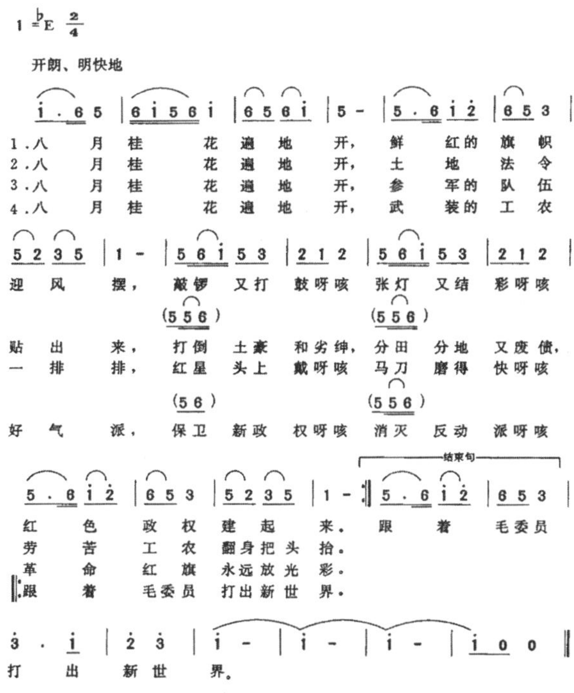

《八月桂花遍地开》曲谱

歌曲欢快上口，但是不能用旧的歌词，要配上歌唱苏维埃的内容。于是，又请县里负责宣传工作的陈士鸿填词，最后由县委书记吴靖宇修改，才交给王霁初配上《八段锦》的调子。因为这首歌的第一句是“八月桂花遍地开”，所以歌名就定为《八月桂花遍地开》。鄂豫皖地区第一支新编的革命民歌就这样产生了。随后即在12月27日庆祝商城县城解放和县苏维埃政府成立大会上开始传唱起来。而后，这首歌伴随着革命队伍前进的步伐，传遍祖国大地，永唱不衰，成为以诗歌和音乐谱就的革命历史丰碑。

信阳早期革命的摇篮

信阳早期革命活动旧址——柳林(王家店)高等小学，位于信阳县西南20公里的东双河乡京广铁路东侧的王家店，这里依山傍水，原校舍为四合院形式的青砖布瓦建筑，共有教室21间。这所学校由于在20世纪20年代是进步团体“互助社”和中共信阳地委所在地，而被誉为革命的摇篮，1983年公布为革命历史文物保护单位。

柳林(王家店) 高等小学，创办于五四运动后的1920年，它的经费是依靠信阳南镇(指信阳城外浉河以南直达武胜关、平靖关一带)铁路沿线的“土货捐”。南镇的政治中心在柳林镇，京汉铁路直通境内，有柳林等5个车站。沿线盛产竹、木、铁、苣麻、药材等土产品，都经由这5个车站往外运输。当地人士就申请用沿线输出土产征收捐款来兴办学校，此申请得到批准。1920年秋，柳林(王家店)高等小学宣告成立。管理机构为校务委员会，周禹均全面负责，仍以惯例称其为经理；万诚吾任校长；另有委员若干人，实际负责的有李

王家店小学旧址

辅仁、李尚之、李受谦等人。

“互助社”是革命先驱恽代英在五四运动前组织的进步团体，设于武昌城内，以开设的一小书店做掩护。恽代英听说他在武昌中华大学附属中学的同事万诚吾在信阳柳林建学校，非常感兴趣，想利用在柳林建校的时机扩大“互助社”的影响，宣传马列主义。1920年初冬，恽代英和“互助社”骨干——信阳商城县人雷跻唐一同到信阳县柳林区王家店，进行实地考察，当他看到柳林依山傍水，交通非常便利时，遂决定将“互助社”大本营设在这里。经过协商，并取得校方同意，决定合作办校，并当即决定雷跻唐留下，一面负责筹款建校舍，一面负责“互助社”的活动。次年春，恽代英又派来“互助社”骨干陈南仲等3人往来于柳林和武昌之间联络。

恽代英

“互助社”在柳林学校期间，积极向师生传播马列主义，宣传革命思想，在他们的宣传引导下，许多学生思想发生巨大变化，纷纷加入“互助社”。在雷跻唐等人的组织下，除利用午休时间上街演讲外，还在假日里深入到周边地区宣传演说，活动异常活跃，在信阳各校都引起强烈的反响。许多青年学生和一些进步知识分子，通过这个桥梁走上了革命的道路。

1922年初夏，柳林学校的校舍扩建因资金来源困难而搁浅。5月，雷跻唐征得恽代英的同意，将信阳的“互助社”撤回武汉。

1921年夏，受五四运动影响，进步知识分子高擎宇、易桂伍、易云峰、王雅斋等人创办了“实现生活社”，并吸收了刘少文、饶秉凡、王伯鲁、徐焕生、高介民等农家学生20余人参加。该社传播科学知识和新思想，以吸收新文化为宗旨，引导进步青年学生投身革命。1924年秋，高擎宇被聘为柳林(王家店)高等小学的校长。他又以此为基地，培养了许多革命骨干。

1924年底，中共北方区委通过国民党第二军的关系委派共产党员刘少猷到信阳，任国民党信阳分党部执行委员、信阳铁路工会秘书，他以公开身份，活动于铁路、学校等场所，从事早期建党工作。1925年4月，中共信阳党团独立支部经中共中央批准正式成立，刘少猷、王克新、郭安宇为干事局成员。在创建中共信阳组织的过程中，刘少猷、王克新等以柳林为中心，以柳林(王家店)高等小学为阵地，开展反帝爱国运动，先后吸收校长高擎宇，校董李辅仁、曹子文，教员周叙伦、郑英，校工李廷金、杨世林及学生刘蔓葛、龚兴明等人加入中国共产党。1925年7月建立了中共信阳柳林党支部，支部设于柳林(王家店)高等小学，周叙伦任支部书记。从1925年8月开始，信阳地区的农民运动逐渐蓬勃开展起来，柳林党支部在附近农村建立农民协会，开办了平民夜校，发动农民运动，又从农民积极分子中吸收黄顺谋、朱业炳、周性初、彭其昌、李转青等人入党，发展党员十余人，使柳林成为信阳农民运动的发源地。

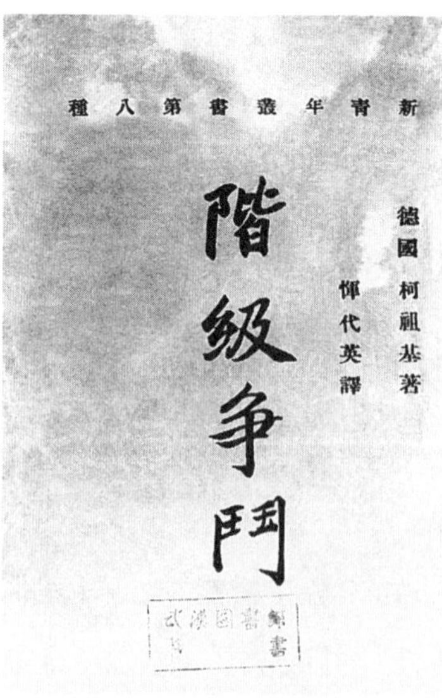

恽代英翻译的《阶级争斗》

1925年7月，中共信阳地区执行委员会建立，书记刘少猷，委员有王克新、秦君侠，隶属中共北方区委领导。1926年初，中共信阳地委转移到柳林(王家店)高等小学后，派郑英、周性初、高介民、李廷金等七位同志赴广州农民运动讲习所学习。这年9月，为发动农民群众支援北伐，党又在柳林(王家店)高等小学重新恢复了遭到破坏的中共信阳地委的工作，各地党组织得以恢复活动，原派往农运讲习所学习的党团员陆续回到信阳，成立农民协会，组织农民自卫军，打土豪、斗劣绅，搞得轰轰烈烈，支援了北伐战争，使之成为河南农运工作的一个中心。

柳林(王家店)高等小学作为我党的早期活动阵地，传播了革命思想，为党培养了大批革命人才，为革命积蓄了力量，锻炼和培养了革命骨干；并以此为中心，领导和发动了轰轰烈烈的农民运动，不愧为信阳早期革命的摇篮。

大别山区的农民军校

在信阳市浉河区民族路中段原信义中学内，曾有东西两幢西式小楼，这就是信阳市文物保护单位——河南省农民自卫军政治军事特别训练所旧址。1927年春正是在这里培训了一批农民运动的武装骨干，为推动豫南农民武装斗争的发展做出了重要贡献。

1925年1月，中共四大正式提出建立工农联盟，做出关于发展农民运动的决议，并强调指出："中国共产党要领导中国革命达到胜利，必须尽可能地系统地鼓动并组织各地农民逐渐从事经济和政治斗争。"在党的领导下，信阳农民协会如雨后春笋般地建立起来，农民运动蓬勃兴起。到1927年春，信阳各县普遍建立了农民协会，农民协会会员达30多万人。与此同时，为了打击土豪劣绅武装的疯狂反扑，农民武装也产生和发展起来。这样，培训一批具有政治、军事素质的骨干充当农民自卫军的指导人员就成为各地的迫切要求。

河南省武装农民代表大会旧址——武昌红巷13号

1927年春，北伐军再次进入河南，为了进一步动员和组织武装农民支援北伐战争，河南省武装农民代表大会于1927年3月16日至21日在武昌中央农民运动讲习所召开。大会听取了中共中央农委书记毛泽东等领导人的报告，并选举产生了河南省武装农民自卫军临时执行委员会，成立了河南省农民自卫军总指挥部，肖人鹄任总指挥，豫南代表饶惠南、汪慕兖当选为河南省农民自卫军临时执行委员会执行委员。

同年4月，国共合作的中央农民部、总政治部、全国农民协会和农民运动讲习所四个单位，各抽出一部分工作人员组成了“战区农民运动委员会”，派往战区做农运工作。出发前，战区农民运动委员会里成立了中国共产党的支部，毛泽东、夏明翰出席了支部成立大会，并指出：革命不能单靠军事胜利，必须发动民众，并把他们武装起来；使群众懂得，只有自己有力量，胜利才有保障。该委员会主任邓恩铭（中共一大代表）兼任党支部书记。 4月下旬，邓恩铭带领农委成员王伯鲁、张志刚、张玉衡、汪涤源、蒋明华等到达信阳，并在信阳城西信义中学设立办事处，把蒋明华留在此处工作，其余人员继续赴前方做战地农运。

此时，河南省农民自卫军临时执行委员会负责豫南片的汪慕兖也奉命来信阳筹办省农民自卫军训练所，挑选信义中学为训练所基地。中共信阳地委调派任教职员、选送农协干部前来受训，蒋明华也被组织指派，与汪慕兖共同担任此项训练工作。同时，在训练所中成立党支部，汪慕兖担任支部书记，具体领导训练所的工作。

河南省农民自卫军政治军事特别训练所经过短期筹备，于1927年5月7日开学。由党组织选送来参加培训的学员共计98人，其中：信阳县66人、罗山县16人、光山县11人、直隶2人等。这些学员按文化程度分编两个班：一个班为文化程度较高者，计54人；另一班为农民班，计44人。所内配有教员4人：汪慕兖、蒋明华、靳玉久等，均为共产党员；军事教官（队长）2人；职员2人。训练方法以政治训练（教育）为重点，采取上午由教员课堂讲授知识，下午学员分组讨论的教学方法，并组织学员到近郊作实际农运

设在信阳的河南省农民自卫军政治军事特别训练所旧址

实践，将理论学习与实践锻炼相结合，以提高学员的政治理论水平和实际工作能力。每天晚上，用3个小时的时间，组织学员及教员集会，由教员讲演及做政治报告，学员汇报讨论题目及结果，做农运报告。军事训练分6队进行，主要有讲授军事知识、操练、射击训练。开办训练班共用经费800元，是从军事委员会划拨给农会总部的2000元中支取的。在训练班开办期间，战区农民运动委员会党支部委员李振瀛、陆沉等路过信阳时，到训练所与学员开座谈会，了解学生的学习思想情况，听取训练所工作汇报，还向学员报告前方作战和河南自卫军的情况，参加党团员的秘密小组会议。他们的到来，对学生是很大的鼓舞，对办好训练班、完成训练任务，起了很大的推动作用。

训练所第一期培训至6月21日结束。在培训过程中，训练所党团组织大力培养农运骨干入党入团，先后在学员中发展党、团员40余人，其中共产党员20多人，为我党在豫南地区直接培训了一批农民武装斗争的骨干。他们返回家乡后，担负起当地农会和农民自卫军的领导工作，为推动农民武装斗争的发展奠定了良好的基础。

吴焕先“算命”

吴焕先是中国工农红军杰出的将领。他在鄂豫皖边区早期革命运动和鄂豫皖红军及革命根据地的建设发展中，尤其是在重建红二十五军和领导红二十八军各个阶段的斗争中，表现出了卓越的智慧和非凡的组织才能。他对党忠诚，革命意志坚定，无论在任何险恶的形势下都能保持不屈不挠的革命气节；他才华横溢，思想敏锐，极有远见，富有创造精神；他作战英勇，指挥若定，正如许多红二十五军老同志回忆的那样："跟着吴政委，就能打胜仗！"他领导红二十五军纵横驰骋，转战千里，战功赫赫；他光明磊落，坚持原则，是坚持实事求是的榜样；他虚怀若谷，胸襟坦荡，平易近人，是联系群众的楷模。

当年吴焕先曾用一个小小的罗盘，为其在革命初期筹得了一笔可观的革命经费，至今新县的民间还流传着“吴焕先算命”的故事。

1927年冬，革命形势处于低潮，吴焕先家乡“四角曹门”党组织遭到破坏，母亲、嫂嫂及侄女荣荣逃难未知下落，老大吴先旺被抓，死于敌人之手，老二吴先恩远在天台山隐蔽养伤，是死是活没有消息，还有天台山养伤的其他伤病员，数九寒天，衣服单薄，无钱买药治疗，再加上敌人派兵封山，出入困难，不知还有粮食否？可是自己手中身无分文，苦于无法接济照应。吴焕先想到这一连串问题，心里越发焦急不安。他想当前形势十分严峻，在革命斗争遭受挫折的时候，为了保持力量，挽救革命，于是，他戴着一顶瓜皮帽，穿着一件棉长袍，随身带着一个罗盘，乔装扮成一个“算命先生”，一路上摇着串铃，直向豫南的罗山方向走去。

他这一举动的目的，是想以看阴阳观风水为名，设法得几块银圆以救燃眉之急。

这一天，他来到罗山县叶家湾附近的一座山上，碰上几个衣着褴褛的放牛娃，就和他们攀谈起来。恰在这时，吴焕先发现山下一处山湾里，耸立着一座雄伟壮观的新瓦房，如同鹤立鸡群一般。他对着放牛娃们问道：“那家新盖的房子，可实在阔气……是个老财吧？”

“老财是老财，就是今年不发财。”孩子们带着幸灾乐祸的口气，叽叽喳喳告诉他。

吴焕先立即问了问情况，原来这家财主盖新房以后，接二连三碰到几起倒霉的事情：儿媳死在月子里；正在耕地的一头黄牛也死在地里。当地群众都说他盖房动了太岁，要遭厄运倒霉的。

一个放牛娃笑着又说：“他家喂的大黄狗咬人很凶，他不得好死。”另一个说：“我看见了，叫人砸了一石头，狗头肿起一个大包。”

吴焕先听了，灵机一动，计上心来，决定走下山去，捉弄一下这个地主老财。他大模大样地来到老财门口，东瞅西望，摇着串铃，等到招出人来时才念念有词道：“新盖的门楼逆水流，耕

吴焕先祖居旧址

地的时节死了牛，可怜的儿媳遭灾难，看家的黄狗肿了头。”

“请问先生是从哪里来的？怎么晓得这些事？”家人又惊又喜地问。

吴焕先不慌不忙地打开罗盘，指了指新盖的门楼，煞有介事地说：“太岁当头坐，敬得动不得，府上犯了忌，必然遭灾祸。”“我乃张天师门下弟子，贵府的一切灾祸，岂能瞒过我的法眼？呵呵，你说是不是？”

吴焕先曾使用过的罗盘

“就是，就是，千真万确的事。”家人忙不迭地应道。

老财听说门外来了一位很灵的“算命先生”，便急忙请到屋里，摆上香茶酒肉殷勤相待。席间，吴焕先又编了几句神秘的话，把地主老财弄得愣头愣脑。老财主要留他多住几日，定一下风水，好破财消灾，吴焕先又一本正经地说：“唉唉，府上多灾多难，很不好办，我得回去禀告张老师傅改日一同前往，帮助消除灾祸，保佑平安发财。”

老财主破财消灾心切，临别，居然拿出50块银圆作定礼，邀他届时光临……

吴焕先得到这笔银圆，马上派两个赤卫队员送上天台去接济吴先恩等一批伤员，从此以后，他这个“算命先生”的故事在群众中流传开来，都说他赤手空拳打了一家大土豪。

用这个罗盘得到的50块银圆，解决了吴焕先革命初期经费紧张的燃眉之急。吴焕先也运用他的聪明和机智，为革命英勇奋斗，不怕牺牲，运筹帷幄，指挥于前沿，书写了红二十五军“军魂”不可磨灭的丰功伟绩。

红军第一架飞机

1930年3月16日中午，鄂豫皖革命根据地罗山县担任警戒的赤卫队员，突然发现一架国民党飞机，沿竹竿河上游的河遭由北向南飞行，晃晃悠悠地降落在宣化店西南20里陈家河附近菜子坳前面的河滩上。那里是革命根据地和国民党区域的交界处。罗山县第一区第十乡赤卫队大队长陈国清，在派人向上级报告的同时，立即带领赤卫队员冲向飞机降落地点，迅速把飞机包围起来，缴获了这架飞机。坐在驾驶舱里的飞机驾驶员，成了赤卫队员的俘虏。

在询问这个操四川口音的驾驶员时，他说：他叫龙文光，这次飞行是执行空中通信任务的，因大雾遗失方向，汽油耗尽，被迫降落。

中共鄂豫皖特委和特区工农民主政府得到缴获一架敌机并生俘驾驶员的报告后，指示罗山县委和驻在罗山的红军：要保证飞机驾驶员的安全，保护好飞机，并设法把它运回到根据地中心地区隐蔽起来。

"列宁号" 飞机

缴获飞机的第三天，河西姚畈一带，姚

鄂豫皖苏区军委航空局旧址

老约的反动民团，分三路奔袭保护飞机的赤卫队，妄图抢走这架飞机。罗山县地方武装营营长郑猛子带领红军30多人及时赶到，与赤卫队密切配合，击退了反动民团的进攻，并把他们赶回姚老约。

3月19日，拆下了机翼，红军、赤卫队员和当地群众抬着飞机翅膀，前拉后推“小心翼翼”一步一步地把机身运到宣化店以东卡房附近隐蔽起来。

1931年春，在莫斯科航空学校学习的钱钧被分到鄂豫皖革命根据地工作，龙文光经过红军领导和钱钧的耐心工作，决定留下来为红军服务。特区工农民主政府通过各种渠道又弄到不少汽油，鄂豫皖特委和军委决定把飞机装配起来，成立特区工农民主政府航空局，任命龙文光为航空局局长，钱钧为政治委员。为了表达对伟大革命导师列宁的敬意，特区工农民主政府命名这架飞机为“列宁号”。

机身和机翼要从卡房附近经过郭家河运到离箭厂河五里的任家畈、黄家畈中间平坦的河滩上重新装配，沿途工农民主政府组织运送，在到达任家畈前，黄安县紫云区第三乡工农民主政府主席吴行千也参加组织运送。他从争相报名参加运送飞机的群众中挑选了一百四五十名身强力壮的人组成了搬运队，逢山开路，遇水架桥。庞大的机身前面有人用纤绳拉，后面有人推，机身两侧有人扶，喊着劳动号子，一步一步地向前挪动。几十里路程，搬运队在沿途群众支持下，用半个月的时间，完好无损地运到了任家畈。

1931 年 4 月，在钱钧、龙文光和红军里几个懂得机械的同志共同努力下，飞机在平坦的河滩上又重新组装起来，涂上了灰色油漆，机身上“列宁”两个红色大字和机翼上两颗红星，在阳光照射下闪闪发光。中国工农红军第一架飞机——“列宁号”就这样在战火纷飞的鄂豫皖革命根据地诞生了。

当时，国民党军队对鄂豫皖革命根据地进攻曾使用飞机滥肆轰炸，给红军和群众造成一些损失。听到红军也有飞机了，根据地的群众无不欢欣鼓舞，从四面八方聚集到任家畈，看一看红军自己的飞机。他们像过节似的敲锣打鼓祝贺三天。为了让老年人也能看到飞机，乡工农民主政府搭了一个看台，请年纪大的人在台上观看。就是瞎子也拄着拐棍，摸一摸红军的飞机是啥样子。他们兴高采烈地说：“狗崽子有飞机，这回老子也有飞机了。”“红军的‘飞鸡’也给国民党那些狗崽子们下几个‘蛋’尝尝。”

铁鹰首航

不久，“列宁号”从任家畈运到新集机场。1931 年 7 月初，红四军政委陈昌浩去英山执行任务，准备搭乘飞机去金家寨，红四军总部也准备派“列宁号”飞固始、潢川一带进行空中侦察。起飞的那天早晨，密集的人群拥挤在新集机场附近。在隆隆的马达声中，“列宁号”带着银翼上鲜明的红星滑出跑道飞上天空。欢送的群众尽情地挥动双手和草帽，祝贺铁鹰首航。

从新集到金家寨航程 200 余里，十几分钟就飞到目的地上空，由于新修的金家寨机场雨后遍地泥泞，飞机无法降落，“列宁号”改变航向，飞往固始。固始县城里的敌人听到飞机的马达声，以为是他们自己的飞机，都伫立街头观望，当他们看到红五星徽记和飞机撒下的传单，吓得争相逃命。“列宁号”又继续飞往潢川、光山，进行侦察和投撒传单，敌军士兵发现是红军的飞机，都龟缩在掩体里，不敢露头。“列宁号”在敌区上空继续飞行一段时间后，飞返新集机场，安全降落。

远征武汉，轰炸黄安

1931年9月8日傍晚，“列宁号”迎着橙色的晚霞，又从新集机场起飞，远征华中地区敌人的心脏——武汉，进行侦察和示威。飞机飞抵京汉铁路南段和武汉郊区上空，投撒大量传单后安全返航。红军的飞机飞临武汉郊区上空，震动了敌巢，敌人发布命令，实行灯火管制。反动的《扫荡报》上，也刊登过这样的消息：共军飞机近日曾连续骚扰潢川、汉口等地，我方幸无死伤。现有关军方，已通知各地严加防范。

1931年11月7日，中国工农红军第四方面军在鄂东北七里坪宣布成立，旋即挥师南下攻打黄安县城。守敌六十九师赵冠英部10000多人，依托坚固的防御工事，固守待援。我军围困黄安1个多月，打退了敌人的几次增援，但县城仍是久攻不下。红四方面军总部决定用“列宁号”飞机进行轰炸，配合攻打黄安县城。

于是在“列宁号”机翼下，安装两个弹架，挂上迫击炮弹，这架飞机又改装成为轰炸机了。

轰炸黄安县城的前一天，徐向前等红四方面军领导与飞行员一起到黄安城南高地上观察了敌军阵地，确定了“列宁号”参加作战的方案。第二天拂晓，方面军司令部发出向黄安守敌发起攻击的命令，敌军仍在顽抗。上午9时，从东北方向传来飞机马达声，蔚蓝色的晴空出现一个移动的黑点，渐渐逼近黄安县城。黄安守敌还以为是他们自己的飞机，毫无戒备，当“列宁号”俯冲敌人阵地，两枚迫击炮弹同时投落下去，硝烟、瓦砾腾空而起，敌人才发现是红军的飞机进行轰炸了。在我军阵地上，指挥员挥舞红旗向英雄的“列宁号”致意，祝贺中国工农红军的第一架飞机第一次对敌人阵地袭击成功。

黄安守敌遭轰炸后军心动摇，加之援军无望，第四天傍晚赵冠英率部弃城南逃。红军乘胜追击，在长轩岭全歼逃敌，活捉了赵冠英。“列宁号”飞机创造了配合红四方面军首战大捷的光荣战绩。

1932年7月，蒋介石调集40万兵力，以鄂豫皖革命根据地为中心，疯狂发动了第四次“围剿”。“列宁号”在根据地群众精心爱护下，随红军转移了几个地方，终因战斗频繁，环境日趋恶劣，不得不拆卸开来埋藏在大别山偏僻的山沟里。之后，国民党军队侵占了鄂豫皖根据地大部分地区，千方百计地想找到埋藏起来的红军飞机。在根据地群众的保护下，飞机的一些重要部件，国民党一直没有找到。

红军第一架飞机，凝聚着红军战士和根据地广大群众对我军掌握现代化武器的向往和希望，它在中国革命历史和中国工农红军战史上，写下了光辉的一页。

红二十五军长征出发地见证之一——石磨盘

有一个地方，它古朴安详；有一个地方，它美丽而令人神往；奇峰秀岭下，苍松翠柏间，潺潺流水声，嘤嘤鸟语香，都记录了那段激情燃烧的岁月，谱写着一曲曲英雄赞歌，它就是红二十五军长征出发地——何家冲。

何家冲位于鄂豫两省交界处的罗山县南部，这里地处大别山西麓，三面环山，群峰耸立，构成雄奇壮阔的天然屏障，自古为兵家必争之地，这里与省级风景名胜区灵山寺和国家级鸟类自然保护区董寨连成一片，山水相伴，红绿相依，得天独厚，浑然天成。

在何家冲有一座石磨盘，这可不是普通的石磨盘，它见证了当年发生在这里的军爱民、民拥军、军民团结一家亲的惊天动地的感人一幕。

1934年11月13日，红二十五军从光山县花山寨转移到位于鄂豫两省交界处的罗山县何家冲修整，顿时，一向沉寂的山村沸腾了起来。在红二十五军入住何家冲的日日夜夜里，乡亲们为了让战士们吃上饭，都自发地从家中拿出仅有的口粮，就在这台碾子上，三天三夜昼夜不停地碾米，送给战士们。那军民一家亲、血浓于水的感情，就在这滚滚转动的碾盘下，一圈又一圈都给揉了进去，此情此景，感人至深，荡气回肠。

何家冲有这样一位妇女，她的名字已经很少有人知道，当年红

留存于红二十五军长征出发地的石磨盘

军战士亲切地称她何大妈。她是一个普通人，普通得就像山上一棵不知名的树，像小河里流淌的一滴水，然而就是这样一位勤劳憨厚的农家妇女，却用自己辛勤劳作换来的微薄收获，在自家后院的山洞里供养和救治了13位红军伤员。

一次，一位名叫余占海的红军伤员被敌人抓走了，为了让伤员的身份不被暴露，何大妈谎称余占海是自己的亲戚，但狡猾的敌人怎肯轻易相信。为了打消敌人的顾虑，何大妈愤然向敌人发起毒誓，她用自己的眼睛担保余占海不是红军。正在这相持不下的当儿，何大妈突然抓起敌人的枪柄狠狠砸向自己的右眼，顿时，鲜血崩流，惨不忍睹，但她却以惊人的毅力忍住剧痛，从敌人的手中夺过余占海，在场的人、包括敌人都为之惊愕不已。这一惊天动地的故事就发生在村口的这座石磨盘边。

石磨盘建于明代，迄今已有400多年的历史了，如今它依然被完好地保存在这里。凝望这座碾盘，我们仿佛又置身它所见证的那段风雨沧桑的岁月，当年英雄们留下的一个又一个动人故事，瞬间浮现在眼前。

硝烟散去不久，历史必须铭记！革命先烈那不屈不挠、视死如归的浩然正气，将永远激励我们前仆后继、与时俱进，为中华民族的伟大复兴而努力奋斗！

红军的"救命锅"

在鄂豫皖革命纪念馆的展柜里陈列着一口锈迹斑斑、残缺不全的铁锅。这正是当时红二十五军长征路上使用过的，它历经沧桑，虽然如今面目全非，但却见证了一个不同寻常的经历。每当提起红二十五军长征路，便会想起这口难以忘怀的铁锅。

1934年11月至1935年9月，在第二次国内革命战争中，中国工农红军第二十五军退出鄂豫皖苏区，经鄂豫陕向陕甘苏区作战略转移。红二十五军原属红四方面军建制，1932年10月，红四方面军主力撤离鄂豫皖苏区向川陕边转移后，中共鄂豫皖省委将留在苏区的部队重建为红二十五军。蒋介石集中重兵对鄂豫皖苏区进行连续"清乡"、"清剿"和"围剿"，红二十五军进行了艰苦的斗争，在远离党中央的情况下，于1934年11月16日，由河南省罗山县何家冲出发长征，向平汉铁路以西转移，孤军远征10个月，艰苦转战万余里。

"兵马未动，粮草先行。"行军打仗，吃饭是头等大事。队伍要出发了，团部炊事班却遇到了问题——谁也不愿意背"黑锅"，也就是那个死沉死沉的铁锅。可别小看这口锅，只有经过长征的人才知道它对红军战士来说有多么的重要。走万余多里路，停下来首先要做的是什么？是烧水烫脚！因为只靠两条腿走路，洗脚比洗脸更重要。头一天用热水洗一洗、泡一泡，第二天走路就轻快得多。洗完脚，才是烧水做饭吃饭。炊事班总共五个人，挑粮食炊具都有人干，锅却是谁也不愿意背。情急之下不知是谁想出个办法——谁表现不好，谁就“背黑锅”。明天出发时谁去背呢？大家异口同声地说，那就是老田了！老田其实不老，也就25岁，全名叫田桂兰。她是两年前参加红军的，丈夫被白匪杀了，她就跑到了队伍上。没文化又没有什么特长，就到了炊事班烧火。她个子大，说话嗓门大，走路动静大，干活动作大。还有个特点，就是不会说好听的，经常是正话反说，惹别人不高兴，所以常和人吵架拌嘴。

那天，她洗菜时把一个盆摔了，炊事班长说：“老田，今天你背锅。”她老大不高兴，梗着脖子说：“班长，你欺负我。”

班长说：“怎么是欺负你，谁做错事谁背锅。我做错了事我背。”

第二天早起出发时，老田谁都不理，自己背上锅走了。

部队刚刚上路，就下起雨来，大家正在骂天气的时候，她把锅顶到头上当了雨伞。一会儿突然下起雹子，砸在锅上，叮当作响。大家东躲西藏，她却很是得意地唱起了小曲。

走到陕西长安县时，路上突然碰到了情况。敌人从两边包抄过来，部队边打边退。忽然，只听“当”的一声。就听田桂兰大叫：“妈呀！”连锅带人倒在了地上。

大伙儿想，完了，她一定是……谁知过了一会儿，锅在动，她起来了。拍拍身上的土，把锅卸下来，哈哈一笑：“吓了一跳，你们不愿意背这锅。嘿，它还救了我一命。”再看那锅，被弹片崩了一个大窟窿，由于是铸铁的，已经裂了两道纹，就根本不能再用了。

陈列于鄂豫皖革命纪念馆——红军曾使用过的铁锅

到宿营地可麻烦了，没有了锅，水也没法烧，饭没法做。团长发了火，非要给她一个处分。大伙儿都去安慰她，她却说："你们不用跟我说，就是你们叫我背黑锅！"她那口气，那眼神，分明是一肚子的委屈。

第二天部队到了一个很大的村庄，打了一个土豪。别人在忙着分东西，田桂兰却直奔了那家的伙房。她拿起铲子就撬下了蒸锅。她高兴地说，这下子可好了。

路越走越艰难了。连续一个多月，天上有敌人的飞机，地上有敌人的追兵。炊事班的几个人也经常被打散了。

这天在行军路上，忽然敌人的飞机来了，一阵狂轰滥炸之后，山路上布满了大一个小一个的弹坑，来不及躲避的战士被炸得血肉模糊……

当走在后面的班长赶上炊事班的队伍时，被眼前的情景惊呆了——田桂兰仰面朝天倒在地上，胸前流着血。看见班长过来，她喘了两口气，说："班长，锅没有事……"原来她是用自己的身体护住了那口锅呀！大家赶忙解下了她身上的锅，鲜红的血滴在了黑色的锅沿上。

班长抱起她说："桂兰，老田，你要挺住，卫生员！卫生员！"还没有等卫生员上来，田桂兰的手一垂，任凭怎么呼喊，再也没有了反应。

田桂兰就这样英勇地牺牲了，但是她的革命精神还在，她的那一份为了党和人民舍己利人的奉献精神，感染了队伍中的每一位同志。在此后漫长的岁月里，这些红军战士逐步懂得了那场旷世迁徙的意义，懂得了曾经走过那段道路的意义。他们最终找到了红旗，引导他们走向红旗的，除了指挥员的动员和战友的催促，还有那口铁锅。而红军战士完成这一切所依靠的无疑是一种坚强的意志和信念。如今，激荡风云的战事早已烟消云散，但唯一不变的就是在逆境中不屈不挠的长征精神，它将薪火相传、光耀千秋！

《三大纪律八项注意》歌曲的由来

《三大纪律八项注意》
歌曲作者程坦

在原北京军区某轻型机械化步兵营内，有一块“红色经典第一歌”的展板特别吸引人。只见上面写道：红十五军团（该师某红军团前身在其编制内）在陕北成立后，为了人人牢记八项注意，时任军团宣传科长的刘华清精心为《三大纪律八项注意》谱了曲，并很快在红十五军团中传唱开来，后来传唱到整个红军。

1927年10月中旬，红军的队伍到遂川县的大汾时，突然遭到地主武装袭击，一时被冲散，战士们又累又饿，有的战士看见老乡们种的红薯，不管三七二十一，扒起来就吃。还有少数战士行动散漫，不听招呼，甚至还乱拿群众的东西。在这种情况下，10月24日，毛泽东向大家宣布了工农革命军的三条纪律：第一，行动听指挥；第二，不拿群众一个红薯；第三，打土豪要归公。这就是“三大纪律”的最早出处。

1928年1月底，工农革命军主力在遂川城里过春节时，毛泽东根据当时部队中不断出现的违纪和无组织情况，又及时具体地向战士们提出了六项注意:第一，上门板（用完门板要安装好）；第二，捆铺草（用完铺草要捆好）；第三，说话和气；第四，买卖公平；第五，借东西要还；第六，损坏东西要赔。以后，战争更加频繁，捕获的俘虏更多，少数战士出于对敌人的仇恨，违反政策搜了俘虏的腰包。还有的战士因为天热就在村边的小河里洗澡，引起了群众的不满。毛泽东马上把六项注意又改为八项注意，添上了“不搜俘虏腰包”和“洗澡避女人”两项。后来，因为情况不断变化，又作了一些修改，例如把“筹款要归公”改成了“一切缴获要归公”；把“不拿群众一个红薯”改成了“不拿老百姓一个鸡蛋”。长征到陕北后，又改成了“不拿群众一针一线”。抗日战争时期，八路军政治部根据当时实际需要，将三大纪律调整为：实行抗日救国纲领；服从上级指挥；不拿人民一针一线；八项注意的内容也略有变动。

随后，在1935年9月，红二十五军长征到达陕北与红二十六军、红二十七军合编为红十五军团后，刘华清任军团政治部宣传科长。为了让十五军团战士牢记三大纪律八项注意，刘华清就琢磨着以什么样的形式才能让战士们熟悉牢记。恰巧，军团政治部秘书长程坦找到刘华清说，想将三大纪律八项注意改编成歌词，让他帮着谱上曲，然后给战士们教唱。刘华清一听欣然同意，并想起了流行于鄂豫皖根据地的《土地革

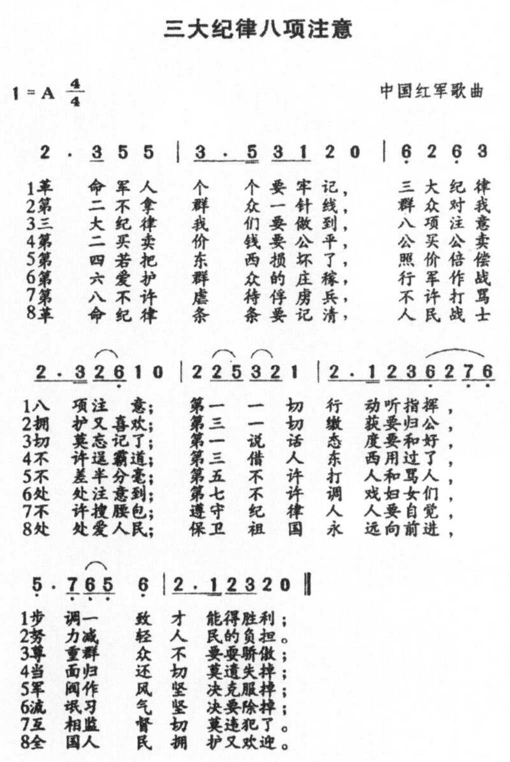

《三大纪律八项注意》曲谱

命完成了》这首歌的曲调。轻轻哼唱之后，刘华清和程坦一起向军团政治部副主任郭述申做了汇报。郭述申听了刘华清的哼唱，也觉得十分顺耳好听，于是就确定下来，并指示刊登在了《红色战士报》上。《三大纪律八项注意》一登报，就受到战士们的普遍喜爱，很快传唱开了。

生命中的钥匙

在湖北麻城成马岗，人们把在月子里死亡的产妇叫“月里大娘”。“月里大娘”的叫法来自被称为“麻城刘胡兰”的革命烈士万永达的故事。

万永达，1927年参加革命，1930年起担任万义乡苏维埃政府主席，红军主力离开那里后，作为一个普普通通的农村妇女的她坚持工作，为红二十五军收军粮、做军鞋。白天基本上很少活动，晚上深入到崇山峻岭，到群众家做工作。1934年，不料因叛徒告密，生孩子后第三天，她就被敌人抓走。

这个叛徒后来在接受审判时交代了万永达就义时的一些细节：敌人威逼利诱，让万永达交出地下党秘密文件，把她从床上拖下来，她眼睛一瞪，把头发梳了一梳，衣服整理好后才从容出门。敌人要她把掌握的地下党秘密交出来，并说只要讲清楚了，可保母子平安。万永达怒斥说：“要命有一条，共产党的事情要一句也没有。”由于她拒绝向敌人下跪，敌人甚至踢断了她的膝盖骨。几分钟后，随着几声枪响，万永达母子牺牲在村里的会场上。

到了1969年，当地村民为了纪念万永达，将她迁葬立碑，结果发现了一个令当场所有人落泪的情节：在万永达烈士的胸腔里，竟意外发现了一把钥匙。“这枚钥匙是做什么用的呢？”在场的人无法断定，烈士的遗骨因此迟迟无法下葬。根据那个叛徒的供认，在就义前，万永达的确曾将一把钥匙吞下，只是没引起旁人的注意。

经过紧急查找后，万永达的一名远亲将收藏的一个梳妆盒拿了出来，结果发现这枚钥匙正是开梳妆盒锁的——梳妆盒内藏着的是一份有着38名地下党员，以及当地1000多名赤卫队员的花名册。

80多年后的今天，有关她的故事还在被人们传颂，故事的版本大同小异有很多种，但所有人对她的尊称只有一个——“月里大娘”。

从普通的人民群众“月里大娘”到誓死革命的部队战士，再到建立了丰功伟业的将军，大别山儿女用英勇无畏和百折不挠谱写气壮山河的历史篇章。在坚持大别山28年“红旗不倒”的斗争中，先后有200多万人参军参战，近百万人英勇牺牲。这片红色的土地里，“山山埋忠骨，岭岭铸忠魂”。当时不足百万人的信阳地区，就有30万优秀儿女为革命献出宝贵生命。人口不足10万人的新县，为革命献出宝贵生命的就有5.5万。革命的局面是打出来的，革命的江山是打出来，这些有名的和无名的大别山人民为革命事业做出了巨大牺牲，开创了革命局面，奠定了共和国的江山。

便衣队智买药需

在鄂豫皖革命纪念馆的展厅内陈展有一杆铜制水烟袋。岁月的流逝打磨出它厚实的手感。深沉的光泽，精美的花纹，黄绿相间的彩纹，讲述了一个红军智买药需的故事。

在第五次反“围剿”开始之时，敌军大兵压境。鄂豫皖边区党组织指示，战斗部队化整为零，跳出外线作战，扰敌后方，开辟新区，建立敌后根据地。

1934年10月，鄂东道委陈守信指示：由黄锦思和徐国顺组织一支10余人的武装小便衣队，深入平汉铁路东西两侧豫鄂交界处的灵山、应山、武胜关、鸡公山、李家寨一带展开斗争。主要任务是在这一带山区发动群众，站稳脚跟。为红军扩充兵员，掩护伤病员。在条件许可时，为主力部队提供情报、枪支、弹药、医药、军用物资等，并为今后建立苏维埃政权创造条件。

便衣队

便衣队活动开展后组建了几百个农民小组、妇女会、儿童团，在群众中扎下了根，播种了良好的声誉。红二十八军许多伤病员都在农民小组的掩护下治病养伤，尽管白匪和反动民团经常出没，但良好的群众基础使养伤点没有一处被察觉。

由于敌人的重重封锁，边区物资极端匮乏，尤其是伤病员急需的药品。11 月的一天，罗陂孝特委指示，要便衣队设法购买一大批药品，满足部队急需，并附上药单。黄锦思指导员和徐国顺队长反复研究后认为，这么一大批药品，要想一次性买全只有上鸡公山。鸡公山是闻名中外的避暑胜地，教士洋商、军阀豪绅，辟地群居。各类药品相当齐全。但如何通过戒备森严的盘查，买到药后又要如何带出，是一个必须周密考虑的问题。况且用来买药的这一大笔钱也是部队的宝贵资金，决不允许出任何差错。

最后便衣队研究了一个化装上山买药的方案。老周的块头大，便由他装扮成阔商、最反动的联保主任周千贵。如何乔装是一门大学问。大家找来了打土豪时缴获的各种行头，一一给老周装扮上。最终，头戴礼帽，眼戴墨镜，嘴叼铜烟袋，手执文明棍，一身绸衣得体的大反派“周主任”粉墨亮相。大家纷纷拍手笑赞像极了！老黄则化装成跟班，另一位便衣队员杨定芝装扮成挑夫。为蒙混敌人耳目，他们还用萝卜头盖了一张假证明，并约定好，如果有危险，以摔烟袋为信号，大家同时动手，无论如何必须得有一个人把药品成功运回。

翌日，三人大摇大摆地从南田进入鸡公山。刚一出现在哨卡，国民党哨兵立刻把枪上了膛。

老黄还没等他开口盘问，一个箭步迎上去瞪了他一眼：“瞎了你的狗眼，没看见是周主任上山办事吗？”

哨兵歪着脑袋瞧着老周，怀疑地说：“什么周主任？没见过。”

老黄不屑地哼了一声：“没见过？这不就见了吗？”

“不行，得有证明。”哨兵态度很硬。

“什么？周主任管辖这一片几个保，上山还要什么证明！”老黄大发雷霆，伸手就要给哨兵一记耳光。

“算啦，”老周这时慢条斯理地发话了，“就给他们看看吧，省得磨嘴皮。”说罢举着烟袋大大方方地走了过去，挑夫也紧紧跟着。

老黄很不满意地掏出那张证明递了过去，“睁大你的狗眼好好看看！”

国民党哨兵一看，好家伙，真的是了不起的阔商、地头蛇周千贵，还是奉上级命令上山给国军买药的。他连忙哈腰对老黄说：“对不起！对不起！近来红军便衣队活动厉害，不得不严防。”

老黄一把将证明夺回，呛了一句：“哼！连周主任也认不出来，真的便衣队来了，能认得出来？”

他们三人上了山，直奔南街叶义之西药店。

店老板见来者威风凛凛，早已畏惧三分。他恭维地问：“先生，要啥药？”老黄把那张单子往柜台上一放，说：“照单取药!”老板一瞧药单，我的妈呀，是要一大批!自开店以来，这么一大宗生意，还是第一次，最近政府三令五申，对成批购买药品的需查明身份。他忐忑不安地环视了一下这三名顾客。一个怒目狠视地盯着他，一个从从容容地抽着水烟，一个毕恭毕敬地立在门旁，看来派头不小。他暗想，当前国军戒备森严，能上山的都惹不起。算了，做生意，赚钱要紧，能管那么多？于是取出算盘，照单配药。他嘴里念，手里算，小伙计应声取药。不一会儿药齐账清，老黄付款，挑夫装药，老周抖了抖烟斗，慢悠悠地吐出一个烟圈，说了声：“劳驾。”三人依次出门。

自从老黄三人奔赴鸡公山买药，家里的同志提心吊胆，唯恐出现意外。等到他们满载而归，老黄又活灵活现地讲述了整个过程，逗得大伙哈哈大笑。药片虽小，但意义重大，这批药品为边区药品短缺解了燃眉之急，使负伤将士得到及时治疗，再返战斗前线英勇杀敌。这次化装上山买药的成功，使便衣队更加看清了敌人的本质，同时也为日后开展敌后工作积累了宝贵的经验。

三年游击战争时期，鄂豫皖地区的党组织和红军在与中央长期失去联系、处境极为困难的情况下，始终心向党中央，紧紧扎根于人民群众，继续坚持游击战争。边区的武装便衣队也由少到多，由弱到强，星罗棋布地分布于22个县境。他们团结一心，面对百倍于己的敌人，毫不畏惧、英勇奋战，粉碎了国民党4次大“清剿”，拖住国民党17万军队，成功创建了游击根据地，使大别山区树起的革命红旗始终高高飘扬。它不仅有力地支援了各主力红军的战略转移，也密切配合了南方各省红军游击战争，最终将鄂豫皖边区发展成为南方8省15个游击区中，面积最大、保存兵力最多，也是唯一保留军、师建制对敌作战红军部队的游击根据地，创造了我国战争史上以少胜多、以弱胜强的罕见奇迹，在中国革命史上写下了极为壮丽辉煌的一页。

两块银圆

巍巍大别山是将军的故乡。在鄂豫皖革命纪念馆的将军厅里，就陈展了469位叱咤风云的开国将领，这里向大家介绍的就是一位被毛泽东称为“不下马的将军”——李先念。

早在1927年大革命时期，李先念就在信阳四望山建立豫鄂敌后抗战指挥中心，组织和领导了抗日救亡运动，身经百战，屡建奇功。然而，就是这样一位铁骨铮铮、百折不挠的硬汉子，却对两块银圆的往事，60多年念念不忘，一直到他病危弥留之际。

那是1932年6月，蒋介石集中30万大军进攻鄂豫皖苏区。由于张国焘的错误路线，红四方面军被迫进行战略转移。当时担任红四方面军十一师政委的李先念，率部队路过红安，红四方面军有很大一部分干部、战士是红安人。有的战士匆匆回家看了一眼，有的战士与等在路边的亲人见了一面。李先念自从参军后，就和母亲没有见过面。儿行千里母担忧！老人家多方打听知道儿子已回红安后，竟冒着战火来到阵地，看望日思夜想的儿子。当时，李先念正在指挥战斗。战场上，炮火连天，硝烟弥漫。母亲终于找到了

两块银圆

儿子，还没来得及仔细打量，儿子却十分恼火，他担心母亲的安全，心中又惊又喜，又气又急，冲着母亲吼道：“快走！你来干什么！”母亲深情地望着满目焦急、清瘦疲惫的儿子，含着眼泪凑上去，拍了拍儿子身上的泥土，抻了抻儿子的衣角，一步三回头地走了。战斗结束后，军令在身，李先念没能跟母亲话别，就带领部队转移了。途中，听见口袋里叮叮当当，一摸，两块银圆，他不禁潸然泪下：“这是我娘什么时候偷偷地放进去的……”李先念知道，当时一块银圆可以买一担米，这两块银圆肯定就是母亲的全部积蓄。但他想不到的是，这次战场一别，竟是与母亲的永诀。整整60年后，母亲的形象依然那样清晰和亲切。直到李先念病重躺在床上，还多次流着泪对身边的人说：“我是八十多岁的老人想娘！我想念妈妈，那天我不该对她发火”……

自古忠孝难两全。母子情深的朴实情感，随着岁月的更迭积淀的愈发浓厚，感人至深。这两块小小的银圆不仅承载着李先念对母亲的思念之情，更闪耀着大别山老区人民对祖国解放事业无限忠诚的熠熠光芒！

邓政委还牛

在大别山商(城)麻(城)金(寨)三角地带，至今仍然传颂着邓政委还牛的故事。2013年11月22日，采访组从安徽省六安市金寨县出发，经过3个小时的山路颠簸，来到了四面环山的沙河乡楼房村，探访邓小平还牛的来龙去脉。

在楼房村，我们见到了今年36岁的村民周世忠。刘邓大军将指挥部驻扎在楼房村时，周世忠的爷爷负责给邓小平做饭，奶奶主动为邓小平洗衣服。他们还曾发动村子里的妇女为战士们做布鞋。

两位老人已相继去世，周世忠为我们讲述了爷爷奶奶曾多次提起的往事，而邓小平还牛的往事，让他记忆最为深刻。

那是1947年12月的一天，大别山已是北风呼啸，刘邓大军踏着薄冰，来到紧邻金寨的河南省商城县，邓小平住进了达权店乡黑河村一位姓漆的老人家里。

晚上，邓小平正和同志们在一起研究土地改革问题时，警卫员来报告说："漆老头来告状，说他的耕牛被解放军牵走了。"邓小平马上把漆老头请到屋里。漆老头面带泪痕，对着那个穿灰军装的矮个子首长，讲述了事情的经过。原来，牛是土匪抢走的，解放军打土匪时，土匪丢下牛跑了。解放军找不到失主，就把牛牵走了，等自己去认领时，队伍已经走远了。

"在贫苦的大别山，耕牛就是老百姓的命根子。"周世忠说，看着着急的老人，邓小平立即答应帮他调查此事。

邓小平

第二天，首长们翻过大山，走进金寨，宿营时遇上了武装工作队的一个工作组。邓小平便询问他们是否捡到一头耕牛。恰巧工作组的同志前一天在剿匪时，捡到了土匪丢下的一头牛。邓小平马上叫他们把牛送还给老乡，并对他们说："你们怎么不想一想土匪的牛是从哪里来的？凡事一定要多动脑筋，对群众有利的就做，否则就不做。一切行动都要以维护群众的利益为出发点，在新区工作，尤其应特别注意这一点。"

找回耕牛的漆老头感动不已，提了一篮糍粑和一袋红薯找到邓小平住处，一定要邓小平收下糍粑和红薯。邓小平再三推辞，却难以说服老人，便说："我们收下你的东西，但必须付钱。"他叫警卫员拿一块银圆给漆老头。漆老头说："长官，你吓死我了，这点东西最多只要几十文，你给我这些钱我怎么也不能收。"邓小平说："军民一家，算我们互赠礼物，你的东西我们收下，这一块银圆，算我们赠送你的礼物。"漆老头只好收下银圆，告别了邓小平。故事讲完，周世忠发出了由衷的感慨："在大别山区，像这样的故事还有很多。平心而言，与邓小平一生的丰功伟绩相比，这件事比芝麻还小，但却真实地映照出邓小平'一心为民'的群众观。"

在残酷的战争年代，广大人民群众为什么会铁了心拥护红军，为什么会舍生忘死支持解放军？听完故事，我们不禁陷入沉思：民为邦本，本固邦宁。正是因为共产党人真心实意为人民，时刻心系百姓，与之同甘共苦，从不拿群众一针一线，用行动与群众建立了难以割断的血肉关系。邓小平为群众还牛，就是党在任何时候都把群众利益放在第一位的最好见证。

（本文摘自2014年2月24日 人民网）

一块传递革命力量的怀表

有这样一块怀表，它普普通通，平淡无奇，但却几易其主，有着一波三折的命运，它凝聚的是多位老一辈无产阶级革命家的战斗友谊与共产党人之间的同志真情，一点一滴，感人至深。

1920年，瞿秋白作为《晨报》的新闻记者来到莫斯科，将自己祖传的一块金色怀表捐献给了当时正处于困难时期的苏联政府，这块怀表是他去北京俄文专修学堂读书时，父亲亲手交给他的，镀金的表壳，洁白的表面深得他的喜爱，平时瞿秋白就把它装在自己上衣的口袋里，用时放在桌子上，时刻相伴，形影不离。而苏维埃政府为了表示感谢，又回赠给他一块钢壳怀表。从此这块代表着国际友谊的怀表就一直伴随着瞿秋白。

1923年瞿秋白回国，在上海做党的工作期间，党的经费一度十分拮据，他考虑再三后，忍痛把这块怀表送到当铺换了30块大洋，供党急用，后来党组织筹到了经费，在第一时间将表赎回，仍交瞿秋白使用。后来瞿秋白在上海主办《新青年》《向导》等杂志时，结识了即将到鄂豫皖根据地担任省委书记的沈泽民，两人志同道合，一见如故。临别时，两位生死与

陈列在鄂豫皖革命纪念馆的怀表

共、情同手足的战友，依依难舍，瞿秋白毅然决定将自己心爱的怀表赠送给沈泽民，留作纪念。在这块怀表的陪伴下，沈泽民在鄂豫皖展开了艰苦卓绝的斗争工作，可是不久他身患重病，在生命垂危之际，他把这块怀表转送给时任红二十七军军长徐海东，并充满深情地说："海东同志，看来我是不行了，你是红军中的一员虎将，希望寄托在你身上，这是瞿秋白同志送给我的一件珍贵礼物，转送给你吧！"说完便与世长辞了，从此以后，这块怀表就跟随着它的第三任主人——徐海东，南征北战。

1935年11月在长征途中，彭德怀司令员在率部翻越夹金山的时候，为了救一位小战士，把手表给摔坏了，没有表用，徐海东就从口袋里掏出这块怀表，送给了彭德怀，并向他详细述说了这块怀表的来龙去脉。彭德怀听后极其感动，用悲楚的声音说道："秋白同志已经被敌人杀害了，这块怀表我暂且留下使用，好好保管，他的夫人杨之华我是认识的，将来我会归还于她。"就这样这块怀表又陪伴着彭德怀度过了11个戎马春秋。

1946年杨之华回到延安，彭德怀去看望她时，虔诚地把这块表交还给了杨之华，最终这块怀表又回到了主人亲属的身边。

时间的流逝已将伟人从我们的身边带走，但这块小小的怀表却沐浴了风风雨雨，从血与火的革命战争年代，一直走到今天。如今这块怀表已经表面粗糙、光泽暗淡了，但它在人们的心中却绽放着耀眼的光芒，它与一个个伟人联系在一起，续写着一曲曲生与死、血与泪的英雄赞歌。

三位红军女战士的合影

在鄂豫皖革命纪念馆的展厅里有一张三位红军女战士的照片，这张照片在网络上广为流传，但是关于这三位女战士的身份，直到2013年才真正揭开谜底，在它的背后有着一个动人的故事。

三位开国元帅夫人合影

最初，照片中的三个人的姓名无从考证，只知道是鄂豫皖苏区的三位红四方面军女战士。直到2004年，刘伯承的长子刘太行到信阳新县参观，当他看到这张照片时对身边的人说道："这张照片我家里也有，后面的这位就是我的母亲。"

后来，听过刘太行的介绍人们知道了，照片中后排的这一位就是刘伯承的夫人——汪荣华；右边的这一位是罗荣桓的夫人——林月琴；左边的这一位则是萧克的夫人——蹇先佛。三位女战士的身份至此流传开来。

然而故事到这里并没有结束。

时隔9年之后，2013年6月份，贺龙的长女贺捷生来我馆参观，当时由我接待的她。贺捷生非常平易近人，我们都亲切地叫她"贺妈妈"。

当我引导着贺妈妈参观到这张照片前，听过介绍后她笑着对我说："小姑娘，这张照片中左边的这位不是蹇先佛，而是我的母亲——蹇先任。"

现场顿时一片哗然……

贺妈妈随后告诉大家，她母亲原名叫蹇先润，因为是闰二月出生，所以取了同音字"润"。她与贺龙在一起后，贺龙总是叫她先任，最后才改成了这个名字。

"你们所说的蹇先佛是我母亲的妹妹，也就是我的小姨。"

大家这才恍然大悟，原来蹇先任与蹇先佛是红四方面军中的一对姐妹花，而贺龙与萧克两人不仅是战场上出生入死的兄弟，还是生活中的一对连襟。那么这张照片真正的注解应该是——共和国三位开国元帅夫人的合影。

故事到这里才尘埃落定。

贺妈妈最后又对我们说："我的母亲和小姨年轻的时候长得很像。关于这张照片，如果不是刘太行记错的话，那就是我认错了。"

顿时，在场的每一个人都被贺妈妈高尚的人格和宽阔的胸怀深深折服。有谁会把自己的母亲认错呢？可是当面对别人的无心之失时，扪心自问，我们的反应又当如何？我想，在和平年代的今天，我们不仅要继承先辈们身先士卒、勇担重任的革命精神，更要像贺妈妈一样，用虚怀若谷的胸襟和海纳百川的气度，精诚团结、和谐共事，这样才能为实现伟大复兴的"中国梦"做出每一个人应有的贡献。

（本文作者刘曼曼，系鄂豫皖革命纪念馆讲解员）

万海峰情系大别山

人物链接

万海峰，1920年出生于河南信阳光山县槐店乡的万河村。1933年，万海峰13岁就加入了高敬亭领导的红二十八军，经历了大别山三年游击战的艰苦磨难和浴血洗礼。曾任新四军江南指挥部参谋，在著名的黄桥决战中担任侦察任务，参加了苏中反扫荡和泰兴、盐城、高邵等战役。解放战争时期，万海峰先后参加苏中七战七捷、两次涟水保卫战、孟良崮战、平汉路破击战，豫东以及淮海、渡江、解放长山列岛等战役和战斗，曾3次负伤。新中国成立后，万海峰历任师长、副军长、军长，北京军区副司令员、副政委，成都军区政委，成为中国人民解放军高级将领。曾在抗美援朝战斗中，指挥了志愿军夏季反击作战。还参与指挥过唐山抗震救灾和华北实兵战役演习。先后荣获三级八一勋章、二级独立自由勋章、二级解放勋章、朝鲜民主主义人民共和国二级国旗勋章。1988年被授予上将军衔。

2012年5月23日上午，原成都军区政委万海峰上将一行，前来鄂豫皖革命纪念馆参观，馆长吴世儒带领全馆工作人员迎接万海峰将军的到来。这是老将军时隔6年来再次回到生他养他的这片沃土。万老已是92岁高龄，此次专程回家乡，体现出情系故乡、关注家乡的浓浓深情，他在参观时和我们畅谈了他的思乡情感。

在参观展厅的过程中，在新四军四支队司令员高敬亭的肖像前，老将军驻足不前，向我们诉说了他的一段往事，老将军说："当

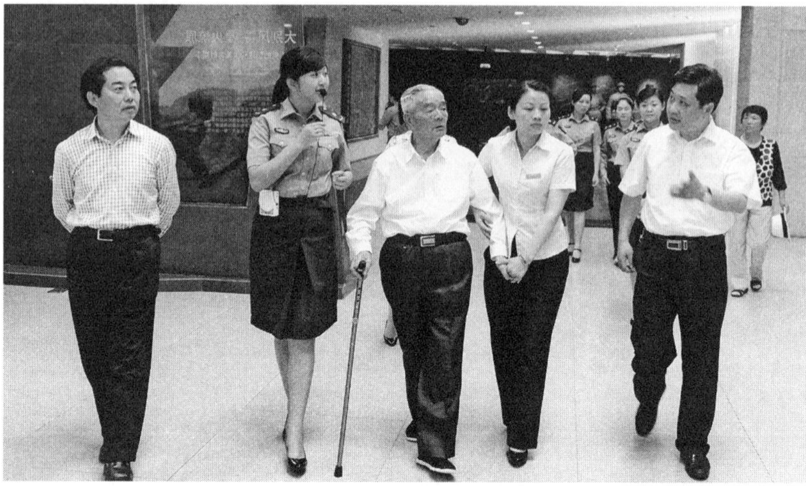

原成都军区政委万海峰上将参观鄂豫皖革命纪念馆

年高敬亭将军担任新四军四支队司令员，我是高敬亭将军的警卫员，后来高敬亭将军在肥东青龙岗被错杀时，我们跟随高敬亭将军的警卫员都被缴了枪，因为我们都是高敬亭将军的‘芋头’。”老将军和高敬亭的革命情感还不仅仅于此，老将军的名字就是高敬亭为他取的，将军原本无大名，出生的时候，不识字的父母只给他起了个乳名，叫“毛头”。参军好几年后，他才有了万海峰这个名字。

1932年，红军攻占光山县城，刚满13岁的“毛头”哭着要参加红军，红二十八军政委高敬亭就把他留在身边做了一名警卫战士。当时的红二十八军是红军主力，是红军长征后，留在鄂豫皖根据地进行游击战争兵力最多、建制最完备的一支队伍。

1936年初，蒋介石下令国民党十几万军队反复“清剿”，使鄂豫皖苏区几乎变得“鸟无栖息之所，人无藏身之地”。在坚持鄂豫皖苏区斗争的三年中，红二十八军生活极度艰难，只能靠野菜、树叶充饥，甚至连水都喝不上。自幼在山林中长大的“毛头”能够辨别出野菜野果哪些能吃、哪些不能吃。每到宿营地，他就会一头钻进山林，细心采摘野菜野果，供战友们充饥。

一天，高敬亭在和战士谈心时，“毛头”想起自己还没有正式的名字，便向他提出了起名的请求，高敬亭欣然应承。他想了一会，便说："我们红军从四面八方汇集而来。这个战斗集体像海洋一样大，像山峰一样高，部队和个人都有光辉灿烂的前程。你姓万，就叫万海峰好不好？"战士们齐声叫好，万海峰才有了正式的名字。

在老将军看到纪念馆展柜里陈展的"三八大盖步枪"时，他激动地向我们说当年在抗日战争时他也使用过这种步枪，他还能清楚地记得步枪的使用方法。

在老将军参观王大湾会议旧址陈列时，看到当年参加王大湾会议的旅以上高级领导干部照片及简介，万老特别激动，不时指出这人是谁，曾任什么职务……老将军慈祥的目光，深情的回忆，令在场的讲解员连声感叹。万老将军说，王大湾会议，是当年刘邓大军千里跃进大别山召开的一次具有重要意义的转折性会议，在中国革命史上很有影响，希望讲解员们多学习和查阅资料，把这段历史宣传好。

在纪念馆将军厅，展示的是革命战争年代和新中国成立以来，成长起来的鄂豫皖籍将军，万老一边看一边说，老区人民为中国革命和新中国建设，做出了巨大奉献，我们不能忘记为中国革命和新中国建立而牺牲的烈士们。

在临送别时，万老跟在场的工作人员一一握手告别并合影留念，万老语重心长地说："鄂豫皖革命纪念馆记录了鄂豫皖革命根据地30余年的光荣历史，展现了革命先烈艰苦卓绝的恢宏战斗篇章，是中华民族代代相传的宝贵财富，一定要把革命先烈的丰功伟绩宣传好。"我们也向老将军保证，"一定会弘扬大别山革命老区精神，继往开来，开拓创新，为把家乡建设得更加美丽而努力奋斗。"

（本文作者张济菡，系鄂豫皖革命纪念馆讲解员）

一场难忘的讲解

2007年4月28日，信阳市鄂豫皖革命纪念馆正式建成并对外开放，鄂豫皖革命纪念馆的建成是2007年河南省十件文化大事之一。这为我们弘扬红色文化、发展红色旅游提供了一个重要的阵地和载体，也是加快文化资源大省向文化强省跨越的一项重要举措。社会各界人士都参加了开馆仪式并参观了纪念馆。作为讲解员，我对当天的盛况记忆犹新，而印象最为深刻的是那天接待陈亚琦女士的情景。

当我讲解进行到“千里跃进，伟大壮举”部分，开始讲述时任中共豫鄂区党委书记的段君毅在大别山坚持战斗、实施战略展开时，一位白发苍苍的老奶奶激动地指着段君毅的一组照片说，“是的！是的！当时，他主动要求重返大别山，晋冀鲁豫野战军挺进大别山后，段君毅任中共鄂豫区委书记兼军区政治委员，参与开创大别山解放区的斗争！”经我询问后才知道这位衣着朴素、和蔼可亲的老人就是曾担任北京市委书记、河南省委书记段君毅的夫人——陈亚琦女士，这是多么难得的机会啊！我立即说：“陈奶奶，您再给我们讲讲

段君毅和夫人陈亚琦

段书记生活中的故事吧！”

陈奶奶笑道：“现在想想，老头子虽然走了，但是给我留下很多‘宝贝’和‘财富’，其实都是一些看不见的东西。最大的收获就是，生活得平平淡淡、安安全全、轻轻松松、心安理得。1989年，我的儿子带着孙子去北京看望爷爷，老段见到孙子格外亲热。聊天的时候，他给孩子们说得最多的就是好好劳动，好好工作，好好学习，在单位、在外人面前别打我的旗号，自力更生，不要给党添乱等等。离京时，他送给孩子们的礼物就是一本书——《走向大西南》”。

“从物质方面讲，老段给后辈最多的就是学费和书。我孙子那年22岁了，老段就说：‘今年就大学毕业了，毕业后工作让他自己去找、去闯。’”

陈奶奶扶了扶老花镜继续说道：“我家老头子在孩子们小的时候就是这样教育他们的，老人的功劳是老人的，自己的是自己的，靠自己能力吃饭。直到现在做事，孩子们还秉承一个原则：不能给爷爷脸上抹黑，不能给段家人丢脸。我的孩子们、孙子们的工作都是自己干出来的，谁也没有动用关系去‘走后门’，包括我自己，当时老段在河南当第一书记的时候，我记得有一次，我来河南，想去少林寺看看。用车之后，段老按公里数付的车费，进景点买门票也都是自掏腰包……”。

听着陈亚琦女士的讲述，这些平淡的话语中透露出段君毅作为一名优秀的老革命家的高风亮节，触动着我们的内心，他始终把党和人民群众的利益放在第一位，正是他襟怀坦白，光明磊落，一身正气，公道正派，知人善任；他谦

右二为段君毅同志的夫人——陈亚琦

虚谨慎，克勤克俭，勤政清廉，对子女和身边工作人员都严格要求的工作作风，才能在党内和人民群众中享有崇高的威望。

原河南省委书记卢展工赴濮阳体察民生，在原中顾委常委段君毅儿子段存让家里，卢展工说：“段君毅同志是我党高级干部，他赫赫有名，你们却一点也不搞特殊，老段你干了一辈子也就是一个副科级干部，儿子也就是个村干部，与普通村民一样，住着这么简单的房子，用着这样旧的家具，难能可贵。大家都要像段君毅同志那样，堂堂正正做人，清清白白做官，干干净净做事！”

（本文作者沈丹，系鄂豫皖革命纪念馆宣教科副科长）

后 记

《鄂豫皖革命纪念馆故事》终于成书了。这本故事集凝聚着太多人的心血和期望，更凝聚着无数人对革命先烈的缅怀与追忆，它的厚重绝不是只言片语所能表达的。

鄂豫皖革命纪念馆把编撰《中国纪念馆故事》系列丛书《鄂豫皖革命纪念馆故事》作为一项重要工作来抓。成立专门组织，召开专门会议，进行认真安排和周密部署，并责成陈列保管科负责书稿编纂的各项具体工作。

本着尊重历史、还原历史的原则，全书共分三个部分：第一部分“一代风流”，主要收录的是曾对鄂豫皖革命根据地的建立、发展、壮大做出重大贡献的党和国家领导人及老一辈革命家在大别山发生的故事；第二部分“烽火岁月”，主要收录的是曾发生在大别山区的重大历史事件和感人故事；第三部分“珍闻逸事”，主要收录的是馆藏文物及其背后的故事。

为了提高编辑质量，推动鄂豫皖革命纪念馆研究工作的进一步开展，我们发动全馆人员参与本书的撰写工作。通过一篇篇细心撰写的文章，折射出鄂豫皖革命纪念馆干部职工对革命先烈的崇敬，对本职工作的热爱。经过编委会精心筛选，最终入选47篇。这些通过组织相关人员收集、整理和撰写的故事，题目引人入胜，内容短小精悍，耐读耐看，发人深思，催人奋进。

在此，本书编委衷心感谢所有参与编写的同仁。由于时间仓促，加之水平有限，有不妥之处，敬请专家学者和读者见谅。